frank boger

ortswechsel

eine rekonstruktion

1. auflage 2000
Herstellung: Books on Demand GmbH
ISBN 3-8311-1467-6

Spuren
Aufzeichnung einer möglichen Begebenheit

Wer lacht hier, hat gelacht?
Hier hat sich's ausgelacht.
Wer hier lacht, macht Verdacht,
daß er aus Gründen lacht.

GÜNTER GRASS

Endpunkt

Es gilt, von einem Vorfall zu berichten, der sich schon vor geraumer Zeit zugetragen hat, dessen nähere Umstände, soweit sie sich ermitteln lassen, aber erst jüngst durchschaut wurden. In allen Einzelheiten ist jene Begebenheit, von der hier die Rede ist, nie geklärt worden. Jedoch gibt es brauchbare Hinweise, die eine Annäherung an das Geschehen erlauben. Gleichwohl können Zweifel an der Erklärung nicht völlig ausgeräumt werden. Es ist deshalb nicht auszuschließen, daß der Vorfall, von dem hier Bericht erstattet wird, sich anders zugetragen hat als im Folgenden dargestellt. Doch versichert der Chronist, der hier die Feder führt, daß er seine, gewiß nicht immer leichte, Aufgabe sehr ernst genommen und alle Nachforschungen gewissenhaft und mit äußerster Sorgfalt und Gründlichkeit durchgeführt hat. Der ermittelte Befund kann deshalb trotz seiner Lückenhaftigkeit als hinreichend belegt für den wahrscheinlichen Gang der Ereignisse betrachtet werden. Dennoch wäre es unredlich, wollte der Berichterstatter die folgende Begebenheit für gesichert und deshalb für unumstößlich halten. Es ist denkbar, ja sogar wahrscheinlich, und deshalb fühlt sich der Referent zu diesem Hinweis verpflichtet, daß das Dargelegte zu einem späteren Zeitpunkt durch neu gewonnene Anhaltspunkte zu korrigieren ist. Einstweilen, nach den bisherigen Erkenntnissen, darf Nachfolgendes als wahr gelten:

Ein Mensch, und hier möchte der Berichterstatter gleich einen Vorgriff wagen und präzisierend anfügen, daß es sich um einen Mann handelt, ein Mann also, ist eines Tages aufgebrochen und nicht mehr zurückgekehrt.

Am Wahrheitsgehalt dieser Begebenheit bestehen nicht die geringsten Zweifel. Rasch geklärt werden konnte vor allen Dingen, um welchen Mann es sich handelte. Hier gaben in erster Linie die Dokumente des Toten gute Auskunft. Auch konnte eine Nachbarin die Leiche glaubwürdig identifizieren. Der Berichterstatter möchte sich denn auch bei diesem unstrittigen Punkt nicht länger als notwendig aufhalten. Deshalb seien die wichtigsten Personalien kurz gestreift. Name: Ott; Vornamen: Ansgar Richard Ferdinand; Rufname: Ansgar; Haarfarbe: überwiegend schwarz; Augen: blaugrau; Alter: nicht bekannt; Größe: einseinundachtzig; weitere Kennzeichen: keine. Den Wohnort oder besser Aufenthaltsort des Mannes, von dem hier die Rede ist, möchte der Chronist nur ungern preisgeben, da er zugleich der Ort des Geschehens selbst ist. Gleichwohl wird sich nicht vermeiden lassen, daß Ortskundige oder gut Informierte den Schauplatz aus einigen noch zu erwähnenden Angaben erschließen können. Für diesen Fall möchte der Berichterstatter höflichst darum bitten, das Wissen nicht weiterzugeben. Anzumerken wäre noch, daß auch die Frage der Bekleidung keine größeren Schwierigkeiten aufwarf. Auch diesen unstrittigen und zudem für den Fortlauf der Ereignisse unwesentlichen Punkt möchte der Berichterstatter nicht über Gebühr vertiefen. Zu erwähnen wäre allerdings der auffallend helle Trenchcoat, der einigen noch anzuführenden Zeugen die Erinnerung an die Begebenheit, von der hier die Rede ist, wesentlich erleichterte.

Ansgar Ott, soweit läßt sich der Sachverhalt schon präzisieren, ist eines Tages aufgebrochen und nicht zurückgekehrt.

Am Wahrheitsgehalt dieser Begebenheit ist nicht zu zweifeln. Ungeklärt ist indes, woher jene Person, von der hier die Rede ist, an jenem Tag kam und wohin sie ging. Hier muß der Berichterstatter zu seinem Leidwesen einräumen, daß er beweiskräftige Angaben nicht ermitteln konnte und infolgedessen auf Vermutungen angewiesen ist. Bedauerlicherweise gibt es niemanden, der diese Angelegenheit klarstellen könnte. In Erfahrung zu bringen war nur, daß jener Ott, von dem hier die Rede ist, zwei oder drei Tage vor jenem denkwürdigen Ereignis eine Wohnung im unteren Drittel der Esterholzerstraße angemietet hat und noch am gleichen Tage dortselbst eingezogen ist. Seitdem aber wurde er in der unmittelbaren Umgebung nicht wieder gesehen, auch nicht von jener Nachbarin, die bei der Identifizierung der Leiche behilflich war. Fest steht nur, und hierin stimmen zwei Zeugenaussagen exakt überein, daß Ott am Tag des Ereignisses, von dem hier die Rede ist, aus Richtung Gudesstraße kommend, die Veersserstraße überquerte und, am Rathaus vorbei, in die Bahnhofstraße einbog. Aufgrund des Herbewegens aus dieser Richtung und dem Umstand, daß andere Unterkunftsmöglichkeiten der Person nicht bekannt sind, kann davon ausgegangen werden, daß Ott an jenem Tage von seiner Wohnung im unteren Drittel der Esterholzerstraße aufgebrochen ist.

Ansgar Ott ist eines Tages von seiner Wohnung im unteren Drittel der Esterholzerstraße aufgebrochen und nicht zurückgekehrt.

Am Wahrheitsgehalt dieser Begebenheit können Zweifel erhoben werden, die allerdings, und das ist feste Überzeugung des Berichterstatters, nicht sonderlich ins Gewicht fallen dürften. Ebenso ungeklärt wie die Herkunft ist, wohin Ott ging, nachdem er die Kreuzung am Rathaus überquert hatte. Ins St.-Viti-Krankenhaus? Zu den Asbest- und Kieselgurwerken? Zur Dachpappenfabrik etwa? Wenngleich diese Zielpunkte in Betracht zu ziehen oder zumindest nicht gänzlich auszuschließen sind, möchte der Berichterstatter den Plausibilitätsüberlegungen mehrerer Zeugen folgen und mit ihnen annehmen, daß Ansgar Ott an diesem Tage zum Bahnhof unterwegs war. Für diese Vermutung spricht auch, daß ein Taxifahrer, der mit seinem Fahrzeug vom Bahnhofsvorplatz in Richtung Stadt gestartet war, Ott aus der Eisenbahnunterführung hervortretend und in den Aufgang zum Bahnhof einbiegend gesichtet haben will. Jedoch lieferte der Taxifahrer eine Personenbeschreibung, die zwar durchaus auf Ott zutreffen kann, in wesentlichen Punkten aber, auf die der Berichterstatter nicht näher eingehen will, so ungenau blieb, daß es sich nicht mit letzter Gewißheit klären läßt, ob es nun Ott war oder gar eine andere Person, die, schnellen Schrittes, wie der Taxifahrer versicherte, dem Bahnhofsgebäude zustrebte.

Ansgar Ott ist eines Tages von seiner Wohnung im unteren Drittel der Esterholzerstraße aufgebrochen und die Bahnhofstraße hinaufgegangen, eilig, wie versichert wird, dem Bahnhofsgebäude entgegen.

Am Wahrheitsgehalt dieser Begebenheit ist kaum mehr zu zweifeln. So gut wie geklärt ist auch der Tag jener Vorkommnisse. Hier kann sich der Berichterstatter wenigstens auf ein halbes Dutzend Aussagen stützen, die das Geschehen übereinstimmend auf den 16. Juni datieren, einen kühlen und windigen Frühlingstag. Auf weiterführende Hinweise zur Charakterisierung jenes Tages möchte der Chronist hingegen verzichten, denn das hieße, auch das Jahr jenes denkwürdigen Ereignisses preiszugeben. Das allerdings wird meist vornehm verschwiegen, obwohl es bekannt und auch in Erfahrung zu bringen ist. Der Berichterstatter möchte jedoch um Verständnis nachsuchen, wenn er, den Gepflogenheiten folgend, das vollständige Datum der Ereignisse nicht anführt. Der Einfachheit halber, denn Ereignisse finden an Tagen, in Monaten und in Jahren statt, und für all diejenigen, die vollständige Angaben schätzen, will der Referent, und er möchte nachdrücklich darauf hinweisen, daß es reine Willkür von ihm ist, die Jahreszahl 1979 anfügen.

Ansgar Ott ist, wie berichtet wird, am 16. Juni 1979, das Jahr wird meist vornehm verschwiegen, obwohl es in Erfahrung zu bringen ist, von der Wohnung im unteren Drittel der Esterholzerstraße aufgebrochen und die Bahnhofstraße hinaufgegangen, eilig, wie versichert wird, dem Bahnhofsgebäude entgegen.

Am Wahrheitsgehalt dieser Begebenheit ist nicht zu zweifeln. Völlig ungeklärt ist indes die Stunde jener Vorkommnisse. Hier muß der Berichterstatter einräumen, daß verläßliche Zeugenaussagen nicht vorliegen und trotz angestrengter Nachforschungen nur wenig Erhellendes zutage gefördert werden konnte. Jedoch dürfte gesichert sein, daß sich die Begebenheit, von der hier die Rede ist, in den frühen Morgenstunden des 16. Juni 1979, und hier möchte der Chronist nochmals nachdrücklich darauf hinweisen, daß es sich um eine erfundene Jahreszahl handelt, zugetragen hat. Ein Rentner, der, wie jeden Morgen, auch an diesem 16. Juni seinen Hund ausführte und, wie er erst nach hartnäckigem Befragen zuzugeben bereit war, aus der Ringstraße kommend, Ott etwa auf Höhe des Kaufhauses Röll gewahrte, gab den betreffenden Zeitraum mit „zwischen fünf und sechs Uhr" an. Bestätigt wird diese, wie der Berichterstatter meint, nicht sehr ergiebige Aussage, von jenen zwei Personen, die, wie bereits erwähnt, Ott kurz zuvor über die Rathaus-Kreuzung gehen sahen. Jedoch gibt es betreffs der Uhrzeiten erhebliche Abweichungen, denn die eine Person, ein übernächtigter Junggeselle auf dem Heimweg, will den Vorgang „fünf Uhr fünfundvierzig, vielleicht auch fünf Uhr fünfzig" beobachtet haben, während die andere Person, ein Bäckergeselle auf dem Weg zu seiner Arbeitsstätte, Ott „kurz vor halb fünf" gesehen haben wollte. Erschien dem Berichterstatter die Angabe des Bäckergesellen bereits auf Anhieb stichhaltiger, so bewies auch eine Überprüfung seiner Aussage deren Richtigkeit. Des Gesellen Meister nämlich, dessen Geschäft etwa dreihundert Meter von der Rathaus-Kreuzung entfernt ist, bestätigte, daß sein Geselle auch am Morgen des 16. Juni dieses, wohlgemerkt fiktiven, Jahres 1979 pünktlich um fünf Uhr dreißig erschienen war. Einzig die Aussage des bereits erwähnten Taxifahrers scheint sich nicht in diesen Sachverhalt zu fügen. Der Taxifahrer nämlich will sich erinnern, punkt fünf Uhr vierzig einen Funkruf erhalten zu haben, demzufolge er seinen Standplatz vor dem Bahnhofsgebäude verlassen habe. Demnach müßte es spätestens fünf Uhr einundvierzig gewesen sein, da Ansgar Ott, unter der Eisenbahnunterführung hervortretend, in den Aufgang zum Bahnhof eingebogen war. Angenommen, es wäre, gemäß der Aussage des Bäckergesellen, fünf Uhr neunundzwanzig Minuten gewesen, als eben jener Geselle Ott über die Rathaus-Kreuzung schreiten sah, dann hätte Ott bis zu jener Stelle, da er, in die Auffahrt zum Bahnhof einbiegend, vom Taxifahrer gesichtet wurde, genau zwölf Minuten benötigt. Selbst bei überaus forschem Gang wäre das jedoch kaum zu schaffen gewesen, wie der Berichterstatter durch eigene Recherchen leicht ermitteln konnte. Er selbst, in guter Kondition, benötigte immerhin neunzehneinhalb Minuten, was, gleiche körperliche Verfassung des Ott vorausgesetzt, zu der Annahme berechtigt, daß der Taxifahrer später als fünf Uhr vierzig vom Bahnhofsplatz abgefahren ist oder der Bäckergeselle Ott früher als fünf Uhr neunundzwanzig, nämlich zwischen fünf Uhr einundzwanzig und fünf Uhr zweiundzwanzig, gesichtet hat. Ausgeschlossen ist das nicht, da der Bäckergeselle, wie erwähnt, Ott kurz vor halb fünf, die Rathaus-Kreuzung passierend, gesehen haben will. Erneutes Befragen des Bäckergesellen führte zu keinen neuen Erkenntnissen, womit sich folglich eine Unsicherheitszeitspanne von siebeneinhalb Minuten ergibt.

Ansgar Ott ist, wie berichtet, in den frühen Morgenstunden des 16. Juni, das Jahr wird meist vornehm verschwiegen, obwohl es in Erfahrung zu bringen ist, von seiner Wohnung im unteren Drittel der Esterholzerstraße aufgebrochen und die Bahnhofstraße hinaufgegangen, eilig, wie versichert wird, dem Bahnhofsgebäude entgegen.

Am Wahrheitsgehalt dieses Sachverhalts bestehen nunmehr keine Zweifel, so daß sich auch der mutmaßliche Weg, den Ott eingeschlagen hat, zurückverfolgen läßt. Voraussichtlich zwischen fünf Uhr zehn und fünf Uhr zwölf, der Berichterstatter kann sich hier wiederum auf eigene Nachforschungen stützen, hat Ott an diesem kühlen und windigen Frühlingstage seine

Wohnung im unteren Drittel der Esterholzerstraße verlassen. Schätzungsweise zwei Minuten später wird er den Hammersteinplatz überquert und sich dann, dafür spricht die Beobachtung an der Rathaus-Kreuzung, auf der linken Straßenseite stadteinwärts bewegt haben, vorbei an Gertrudenkapelle (fünf Uhr sechzehn), Foto-Lünemann (fünf Uhr neunzehn), Kaufhaus Willgrü (fünf Uhr zwanzig) und Schlachterei Voss (fünf Uhr einundzwanzig). Wann Ott die Straßenseite gewechselt hat, ob gleich nach Überquerung der Rathaus-Kreuzung oder später, etwa auf Höhe des Musikhauses Gröner, ist ungewiß. Daß er es jedoch getan haben muß, dafür spricht die Beobachtung jenes seinen Hund ausführenden Rentners vor dem Kaufhaus Röll. Gegen fünf Uhr zweiunddreißig dürfte Ott dann Draht-Künast erreicht haben, gegen fünf Uhr vierunddreißig das Central-Kino, so daß er in Übereinstimmung mit der Aussage des Taxifahrers gegen fünf Uhr einundvierzig am Morgen des 16. Juni in die Auffahrt zum Bahnhof einbiegen konnte.

Soweit dürfte nun Klarheit bestehen. Durfte sich der Berichterstatter aber im Vorangegangenen mehr oder minder deutlicher Anhaltspunkte bedienen, so gilt es nun, ein mehr von Vermutungen und Spekulationen geprägtes Feld zu betreten.

Fraglich ist das Motiv, das Ott veranlaßt hatte, in den frühen Morgenstunden des kühlen und windigen 16. Juni zum Bahnhof aufzubrechen. Seit seiner Ankunft, und hier möchte der Chronist betonen, daß er diesem Umstand höchste Aufmerksamkeit schenkte, hatte Ott Kontakt nur zu drei Personen, einem älteren Ehepaar, das die Wohnung neben ihm bewohnte und mit dem Ott lediglich ein paar freundliche Begrüßungsworte am Tag seines Einzugs gewechselt hatte, und mit der Nachbarin, die die Leiche identifizierte. Mit ihr hatte Ott am Tag vor seinem Verschwinden eine, wenngleich wenig aufschlußreiche, Unterhaltung bei der Kolonialwarenhändlerin Stampe. Die Nachbarin gab an, Ott habe sich sehr verschlossen gezeigt, was sie jedoch nicht gehindert habe, ihn beiläufig, wie sie meinte, nach dem Grund seines Ortswechsels zu fragen. Eine Antwort hatte sie, wie sie zu Protokoll gab, nicht erhalten, jedoch angenommen, es sei wegen einer Klimaveränderung gewesen, da Ansgar Ott im weiteren Verlauf des Gesprächs Andeutungen von, wie es vermerkt ist, „lähmender Müdigkeit", die ihn in „Zugzwang" setze, gemacht habe.

Fraglich ist auch, in welcher Verfassung Ott an jenem Morgen zum Bahnhof ging. Hier kann der Berichterstatter nur drei Aussagen anführen, die zwar widersprüchlich sind, von denen aber jede einzelne gleichermaßen zutreffen kann. Der Taxifahrer gab zu Protokoll, die Hast, mit der die Person um die Ecke zur Bahnhofsauffahrt bog, habe auf ihn gewirkt, als müsse da jemand unbedingt seinen Zug erreichen. Nach längerem Befragen räumte der Taxifahrer ein, Haltung und Gestik des um die Ecke Eilenden ließen auch die Deutung zu, als werde da eine Person verfolgt oder gejagt. Diese, wie der Berichterstatter findet, mysteriöse Auslegung, für die der Taxifahrer keinen objektiven Anhaltspunkt liefern konnte, steht im Widerspruch zur Aussage des Bäckergesellen, derzufolge Ott intensiv die Häuserfassaden betrachtet habe. Der Rentner schließlich gab nach längerem Drängen an, Ott habe auf ihn einen geistesabwesenden Eindruck gemacht und seinen Blick stur geradeaus gerichtet gehabt.

Fraglich ist ferner, was Ott am Bahnhof vorhatte. Tatsächlich nämlich verliert sich dort Otts Spur, denn allem Anschein nach war der Taxifahrer die letzte Person, die Ott an jenem Morgen des 16. Juni, das Jahr wird meist verschwiegen, gesehen hatte. Trotz der auffallend hellen Bekleidung vermochte sich keiner der an jenem Morgen diensthabenden Bahnbeamten an Ott zu erinnern, weder der Fahrkartenverkäufer Eilers, noch der Gepäckaufbewahrer Bronner, noch der Bahnpolizist Pätzold. Auch jene drei Personen, die zu dieser Stunde an Gleis drei auf den Eilzug nach Hannover, planmäßige Abfahrt fünf Uhr siebenundvierzig, warteten, gaben übereinstimmend und, wie

14

der Berichterstatter meint, mit hoher Sicherheit, an, Ott nicht gesehen zu haben. Eingedenk der Aussagen jener Nachbarin, derzufolge Ott sich unter Zugzwang wähnte, und des Taxifahrers, der den Eindruck gewann, da wolle jemand seinen Zug erreichen, könnte vorschnell gefolgert werden, Ott habe sich an jenem windigen Frühlingsmorgen eine Fahrkarte kaufen und einen Zug besteigen wollen. Zumindest für die Vermutung vom Erwerb eines Fahrausweises gibt es keine Anhaltspunkte, denn nach Aussage des Fahrkartenverkäufers Eilers hat am Morgen des 16. Juni keine mit einem hellen Trenchcoat bekleidete Person ein Billett, wie er sich ausdrückte, gelöst. Das freilich will nicht besagen, daß Ott keinen Zug bestieg. Immerhin ist denkbar, daß Ott bereits einen solchen Ausweis besaß oder sogar ohne gültige Fahrkarte eingestiegen ist. Für diese Möglichkeit spricht immerhin, daß unter den Papieren bei der Leiche kein Fahrausweis gefunden werden konnte.

Fraglich ist sodann, welchen Zug Ott genommen haben könnte: Den Eilzug fünf Uhr siebenundvierzig nach Hannover oder den ebenfalls Richtung Hannover, jedoch zweiundzwanzig Minuten später, abfahrenden Personenzug? Andere Züge jedenfalls kommen nicht in Betracht. Erstens wurde die Leiche der Person, von der hier die Rede ist, an der Gleisböschung der Bahnstrecke Hamburg-Hannover, etwa dreieinhalb Kilometer oberhalb des Bahnhofs Suderburg, gefunden, und zweitens ist der Tod Otts laut gerichtsmedizinischem Gutachten im Zeitraum zwischen sieben Uhr fünfzehn und acht Uhr desselben Tages eingetreten. Theoretisch hätte Ott zwar auch den Personenzug Richtung Hannover, Abfahrt sechs Uhr neun, nehmen können, doch blieb dieser, wie die Bahnverwaltung versicherte, am Morgen des 16. Juni für genau sechsundfünfzig Minuten im Bahnhof Klein-Süstedt mit einem Lokschaden liegen. Welchen der beiden in Frage kommenden Züge Ott genommen hat, konnte nicht abschließend geklärt werden. Für den Eilzug spricht die Beobachtung des Taxifahrers, der, und hier darf der Berichterstatter kurz rekapitulieren, Ott gegen fünf Uhr einundvierzig gesichtet haben will. Könnte mit letzter Gewißheit gesagt werden, daß die Angaben des Taxifahrers korrekt sind, und hier darf der Berichterstatter in Erinnerung rufen, daß es betreffs der Uhrzeiten für die Vorkommnisse eine Unsicherheitszeitspanne von siebeneinhalb Minuten gibt, hätte Ott in der verbliebenen Zeit den Eilzug, der, wie die Bahnhofsverwaltung versicherte, am Morgen des 16. Juni pünktlich den Bahnhof verließ, leicht erreichen können. Gegen den Eilzug spricht die Beobachtung des Bäckergesellen, der Ott, offenbar nicht in Eile, da er sich ausgiebig, wie der Geselle angab, die Häuserfassaden betrachtete, kurz vor halb fünf die Rathaus-Kreuzung überqueren sah. Träfen hingegen diese Angaben zu, was ebenfalls nicht mit letzter Gewißheit gesagt werden kann, dürfte Ott, wegen der erwähnten Unsicher-heitszeitspanne von siebeneinhalb Minuten, den Eilzug mit hoher Wahrscheinlichkeit nicht mehr erreicht haben. Merk-würdigerweise konnte sich auch keiner der am Morgen des 16. Juni auf den Personenzug Wartenden an eine mit einem hellen Trenchcoat bekleidete Person erinnern. Befragungen der Schaffner der betreffenden Züge erbrachten keine neuen Er-kenntnisse, und auch ein Aufruf des Chronisten an die Rei-senden beider Züge blieb ohne Erfolg. Somit bliebe nur noch anzunehmen, daß sich Ott seines hellen Bekleidungsstücks entledigte, wogegen allerdings die kühle Witterung am Morgen des 16. Juni, das Jahr wird meist verschwiegen, ebenso spricht wie der Umstand, daß die Leiche der Person, von der hier die Rede ist, mit einem hellen Trenchoat bekleidet aufgefunden wurde.

Fraglich ist schließlich, wie die Leiche an die Gleisböschung der Bahnstrecke Hamburg-Hannover, etwa dreieinhalb Kilo-meter oberhalb des Bahnhofs Suderburg, gelangen konnte. Der gerichtsmedizinische Bericht, der hier heranzuziehen ist, stellt mehrere Knochenbrüche und innere Blutungen fest, gibt die eigentliche Todesursache jedoch mit Herzversagen an. Dieser

Befund könnte auf einen Kampf hindeuten. Ein Kampf im Zug, mit dem Ergebnis, daß Ott etwa aus dem Zug geworfen worden wäre, erscheint unwahrscheinlich, da eine Auseinandersetzung nach fester Überzeugung des Berichterstatters von den Reisenden hätte bemerkt werden müssen. Ein Kampf außerhalb des Zuges erscheint möglich, doch auch nicht sehr wahrscheinlich. Aber wenigstens der Personenzug hält in der Ortschaft Suderburg, so daß die betreffende Person, von der hier die Rede ist, durchaus die Möglichkeit gehabt hätte, am Bahnhof Suderburg auszusteigen. Da der Tod, wie schon erwähnt, irgendwann zwischen sieben Uhr fünfzehn und acht Uhr eingetreten ist, hätte Ott somit auch auf einen Gegner stoßen können, der ihn, rein hypothetisch, vielleicht als Folge eines Streits, wobei der Grund des Streits, so es einen gegeben haben sollte, dahingestellt sei, niederschlug und an den Bahndamm schleppte. Allerdings sagten die diensthabenden Beamten des Bahnhofs Suderburg übereinstimmend aus, daß an jenem Morgen des 16. Juni niemand den Personenzug, Ankunft sieben Uhr achtundvierzig, siebenundfünfzig Minuten später als nach Plan, verlassen habe. Aufgrund dieser Aussage darf auch die Vermutung, Ott habe nach Verlassen des Zuges vielleicht einen Spaziergang unternommen und sei Opfer eines Überfalls geworden, ausgeschlossen werden. Der polizeiliche Bericht geht infolgedessen auch nicht von einem Kampf aus, sondern von einem Sturz, wobei ein Unfall nahegelegt wird, hervorgerufen, so wörtlich, „durch offensichtliche Verwechslung der Toilettentür mit der Waggontür".

Der Berichterstatter, der hier die Feder führt, muß bekennen, daß er anfänglich durchaus geneigt war, die polizeiliche Schlußfolgerung zu übernehmen. Hätte er nicht auch von Beginn an eigene Nachforschungen angestellt, die ihm eine andere Vermutung nahelegten, er wäre sicher der Unfallhypothese gefolgt. Daß er sie letztlich verwarf, ist dem Umstand zuzuschreiben, daß es dem Chronisten entgegen dem hartnäckigen Widerstand des Hausbesitzers und der polizeilichen

Behörden gelang, eine Inspektion von Otts Wohnung und seiner persönlichen Habe durchzusetzen. Diese offenbarte dem Berichterstatter, daß jener Ott allem Anschein nach ein sehr zurückgezogenes Leben geführt hat, denn nichts unter seinen wenigen Habseligkeiten zeigte an, daß es im Leben des Ansgar Ott, von dem hier die Rede ist, noch andere Menschen gab, weder Angehörige, noch Freunde oder Bekannte. Eher schien jener Ott sich in einer eigenen Welt zu bewegen. Darauf deutete jener von der Polizei sichergestellte Stapel Manuskripte hin, aus dem hervorgeht, daß sich Ott schon seit längerem schriftstellerisch betätigte, wenn auch im Verborgenen, für sich selbst. Der Berichterstatter, der sich intensiv mit den unter anderem Namen verfaßten Texten beschäftigte, ist zu der Auffassung gelangt, daß diesen Niederschriften, wenn sie auch überwiegend skizzenhaften und fragmentarischen Charakters sind, im Rahmen der bisherigen Untersuchungen jener Begebenheit, von der hier die Rede ist, viel zu wenig Aufmerksamkeit geschenkt wurde. Vielmehr ist der Berichterstatter zu der Erkenntnis gelangt, daß sie, richtig gelesen, den Schlüssel zum Verständnis jener Vorgänge vom 16. Juni des, wohlgemerkt fiktiven, Jahres 1979 liefern, weshalb er, doch dies sei nur am Rande vermerkt, sich nachhaltig für eine Veröffentlichung der aufschlußreichsten jener Texte eingesetzt hat und nicht nur eine Rekonstruktion der Ereignisse betrieb, sondern auch für dieses einleitende Kapitel selbst zur Feder griff. Auch erhofft sich der Chronist von der Veröffentlichung eine Klärung der in den Texten erwähnten Umstände. Denn die Vermutung, daß Otts Niederschriften stark autobiographische Züge tragen, muß sich angesichts der Tatsache, daß er zum Schreiben in eine andere Person schlüpfte, aufdrängen. Vielleicht, so meint der Berichterstatter, lassen sich auf dem Wege der Veröffentlichung auch jene Personen ausfindig machen, die in den Texten erwähnt werden, jener Richter beispielsweise, mit dem Ansgar Ott so erbitterte Wortgefechte führte, die Dame mit dem *Reader's Digest,* die Ott scharf beobachtete oder jene Frau – oder sind es gar mehrere Personen? – die nur sehr unbestimmt gezeichnet wird, zu der Ott jedoch so etwas wie eine engere Beziehung entwickelte. Und was ist, fragt sich der Chronist, mit all den anderen Personen, die abstrakt als Polizist, Doktor, Marktfrau oder Rat auftauchen? Existieren sie? Können sie nähere Angaben zur Person, von der hier die Rede ist, machen? Oder sind es fiktive Figuren? Alles Fragen, die der Berichterstatter bisher nicht beantworten konnte.

In Kenntnis der bisher zutage geförderten Begleitumstände läßt sich das Geschehen, von dem hier die Rede war, abschließend wie folgt zusammenfassen:

Ansgar Ott, allem Anschein nach des Lebens überdrüssig, ist, wie berichtet wird, in den frühen Morgenstunden des kühlen und windigen 16. Juni, das Jahr wird meist vornehm verschwiegen, obwohl es in Erfahrung zu bringen ist, von seiner kurz zuvor bezogenen Wohnung im unteren Drittel der Esterholzerstraße aufgebrochen und gedankenverloren, den Blick bisweilen auf die Häuserfassaden, überwiegend jedoch geradeaus gerichtet, die Bahnhofstraße hinaufgegangen, eilig, wie versichert wird, dem Endpunkt entgegen.

Züge

Aus dem Nachlaß von Ansgar Ott (I)

Man kann den Menschen nicht verbieten, nicht geboren zu sein – wenigstens vorläufig nicht.

JOHN STEINBECK

Das Verlangen

Schon bald nach seiner Ankunft in der Stadt traf Ansgar Ott eine Folge sonderlicher Ereignisse. Trotz der Wucht, mit der sie auf ihn einstürzten, behauptete er stets, sie mit der ihm eigenen Teilnahmslosigkeit hingenommen zu haben.

Seit gut zwei Jahren lebt Ott in dieser Stadt. Nie hat sie ihm aufregend erscheinen wollen. Auch sie schläft nachts. Der Abwechslung halber hat er sich angewöhnt, an geraden Tagen einen Kugelschreiber, an ungeraden einen Filzstift zu benutzen. Seinen Selbstbetrug hätte er sich niemals eingestanden.

In einem der vorderen Waggons findet Ott ein leeres Abteil. Er wählt einen Platz am Fenster. Ott schließt die Augen.

Im Herbst, in einer der Vorlesungen, hatte er sie zum ersten Mal gesehen. Es waren ihre schönen langen Haare, die ihn aufmerken ließen. Sie saß nur wenige Reihen vor Ott. Ihre Haare fielen beim Schreiben nach vorn. Sie trug einen grauen Pullover.

Ott will sich erinnern, während der Vorlesung seine Blicke nicht von ihr gelassen zu haben. Auch habe er, meint Ott, sich des Eindrucks nicht erwehren können, sie habe sein Verhalten bemerkt.

Ott kommt zu Bewußtsein, daß der Zug hält. Er steht auf und öffnet das Fenster. Die frische Luft empfindet er als wohltuend. Das Bahnhofstreiben entzieht sich völlig seiner Wahrnehmung. Ott hat allenfalls Blicke für lange, auf karierte Mäntel fallende Haare.

Ansgar Ott meint, sich an zwei flüchtige Begegnungen mit ihr erinnern zu können. Doch sieht er sich außerstande, sie in die richtige Reihenfolge zu bringen. Einmal will Ott sie vor dem Institut gesehen haben. Er habe, meint Ott, gerade in die Bibliothek gehen wollen, als sie aus dem Fahrstuhl trat. Ihm war, da ist sich Ott ganz sicher, als habe sie ihn angesehen. Sogar ein winziges Zögern in ihrer Bewegung, Ausdruck einer unerklärlichen Spannung, meint Ott damals bemerkt zu haben.

Ein frischer Luftzug holt Ott in die Gegenwart zurück. Der Zug hat sich wieder in Bewegung gesetzt. Ott schließt das Fenster.

Ein anderes Mal war Ott ihr im Vorlesungssaal begegnet. Sie kam etwas verspätet und nahm auf einem der Außensitze Platz. Da Ott, wie er sich zu erinnern meint, früher gehen mußte und dabei eine leichte Unruhe zu entfachen nicht vermeiden konnte, war sie aufmerksam geworden, wobei sich, wie ihm scheinen will, ihre Blicke kreuzten.

Eine Dame setzt sich zu Ott ins Abteil. Sie gibt vor, in einem *Reader's Digest* zu lesen. Ott spürt, wie sie ihn mustert.

Ott meint, sich gerechterweise eingestehen zu müssen, nach einer Möglichkeit gesucht zu haben, sie anzusprechen. Gleichwohl, soweit glaubt er sich zu kennen, habe er damals insgeheim auf eine eher zufällige Begegnung mit ihr gewartet. Nur die Situation des Augenblicks, das war schon damals Otts Philosophie, präge zukünftiges Handeln.

Die Tür der Abteils wird aufgeschoben. Der Schaffner verlangt die Fahrkarte. Ott gibt sie ihm. Der Schaffner sagt, daß Ott in Hannover umsteigen müsse.

Ott wußte schon damals, wie illusorisch es sein kann, auf den Zufall zu setzen. Geduld, Ausdauer und Beharrlichkeit zählte er jedoch zu seinen Tugenden. Auch wußte Ott um das höhere

Risiko der Spontaneität. Und so überkam ihn bisweilen die Furcht, den Anforderungen des über ihn hereinstürzenden Zufalls nicht gewachsen zu sein.

Ott ertappte sich dabei, mögliche Situationen einer Begegnung gedanklich durchzuspielen. Seine Widersprüchlichkeit gesteht er sich ein. Gleichwohl stört sie ihn nicht.

Ott schaut aus dem Fenster. Die Berge schimmern grün. Häuser huschen vorüber.

Gelegenheit für einen, wie Ott inzwischen zuzugeben bereit ist, inszenierten Zufall, bot sich ihm durchaus. So an jenem Tag, als Ott, kaum daß er den noch spärlich gefüllten Vorlesungssaal betreten hatte, sie allein in einer der hintersten Reihen bemerkte. Bis heute will es Ott unerklärlich erscheinen, warum er den Zufall ignorierte und sich nicht neben sie, sondern, was er so gut wie nie tat, in eine der vorderen Reihen setzte. Inzwischen neigt Ott der Auffassung zu, daß ihn wohl der Mut verließ. Sicher ist er sich da allerdings nicht.

Ansgar Ott registriert, daß der Zug seine Geschwindigkeit verringert.

Den folgenden Tag betrat Ott kurz nach ihr den Vorlesungssaal und setzte sich neben sie. Ott würde das zu gern dem Zufall zuschreiben, doch ist ihm die Planung, seine Planung, des Zusammentreffens noch allzu bewußt. Etwa eine halbe Stunde vor Beginn der Vorlesung hatte Ott sie im Lesesaal der Bibliothek entdeckt. In der Annahme, sie werde bis Vorlesungsbeginn lesen, begab sich Ott ins Erdgeschoß, um, gut abgeschirmt durch eine Anschlagtafel, auf sie zu warten. Seine Absicht war es, kurz nach ihr den Vorlesungssaal zu betreten.

Zehn Minuten vor Vorlesungsbeginn sah Ott sie die Treppe herunterkommen. Im Erdgeschoß betrachtete sie kurz die

Phalanx der Wandzeitungen. Dann verschwand sie plötzlich im Hörsaal.

Der Zug läuft in eine dunkle Bahnhofshalle. Ott öffnet das Fenster. Die Dame mit dem *Reader's Digest* wirft ihm einen vorwurfsvollen Blick zu, sagt aber nichts.

Sie saß allein, ganz mit dem Lesen eines Flugblattes beschäftigt. Auf seine, wie Ott inzwischen zugeben muß, reichlich einfallslose Frage „Darf ich?" antwortete sie mit einem höflichen „Bitte". Vermutlich habe sie geahnt, glaubt Ott, daß er seine Worte aus dem Gefühl heraus gesprochen hatte, irgend etwas sagen, irgendwie auch mit Worten auf sich aufmerksam machen zu müssen.

Die Luft ist kühl und reizt Otts Nase. Er schließt das Fenster. Ott zieht ein Taschentuch hervor und schneuzt sich.

Ott will es vorkommen, als vergingen etliche lange und beklemmend stumme Minuten, ehe er auf einen hilfreichen Ausweg verfiel. Ott bat sie um ihre Vorlesungsunterlagen. Er habe sie, wie Ott sich genau erinnert, nicht wirklich benötigt, obgleich er zweimal die Vorlesung versäumt hatte. Sein Wagen hatte gestreikt. Otts Kunstgriff jedoch ermöglichte ihm einen Wortwechsel mit ihr und gab ihm zudem einen Anlaß, ihr ein weiteres Mal zu begegnen. Irgendwann einmal mußte Ott ihr die Aufzeichnungen zurückgeben. Das werde auch sie gewußt haben, vermutet Ott, da sie ihm ohne zu zögern die Unterlagen aushändigte.

Der Zug hatte sich bereits wieder in Bewegung gesetzt. Ott bemerkt es erst, als die Tür heftig aufgeschoben wird und ein Kellner Erfrischungen anbietet.

Der Kaffee, den die Dame mit dem *Reader's Digest* bestellt, läßt Ott daran denken, daß er sie nach Ende der Vorlesung bat, ein wenig Zeit für eine Tasse Kaffee zu erübrigen, daß sie schnell ihr Einverständnis gab, so, als habe sie eine solche Aufforderung von ihm erwartet. Ott erinnert sich auch, wie sie in dem engen und rauchigen Stehcafé auf ihren Muskelkater hinwies. Montags, hört Ott sie sagen, gehe sie immer zur Skigymnastik. Ott erinnert sich, sie daraufhin gefragt zu haben, ob sie eine fleißige Skifahrerin sei. Skifahren, hört Ott sie sagen, könne sie gar nicht, sie nehme nur an der Gymnastik teil, weil die Bewegung dem Körper guttue. Ott weiß noch genau, wie sehr ihm diese Bemerkung gefiel.

Die Dame mit dem *Reader's Digest* versucht zum wiederholten Mal, an ihrem Kaffee zu nippen. Offensichtlich ist ihr dieser aber noch zu heiß.

Zwei Tage später traf Ansgar Ott sie auf der Treppe des Mittelbaus. Ott sprach sie an. Sie habe ihn, meint Ott, wohl nicht sofort erkannt und sich überrascht gezeigt, daß auch er in die Vorlesung wolle. Während sie bereits in Richtung Hörsaal entschwand, gab Ott seinen Mantel an der Garderobe ab. Als Ott den Hörsaal betrat, suchte er die bereits gefüllten Reihen mit dem Auge nach ihr ab. Er fand sie schließlich in einer der hinteren Reihen am Mittelgang. Ott will sich erinnern, ein kleines Lächeln von ihr bemerkt zu haben, als er auf sie zuging. Ott setzte sich neben sie. Er habe Post für sie, sagte Ott und überreichte ihr die Aufzeichnungen, die er mit Hilfe eines Gummibandes zu einer Rolle geformt hatte.

Ott steht auf und verläßt das Abteil. Auf dem Gang empfängt ihn gute und frische Luft. Er sieht, daß im Nachbarabteil eine Frau ein Baby stillt.

Ansgar Ott hatte beschlossen, ihr zunächst nur einen Teil der Aufzeichnungen zurückzugeben. Die Rückgabe des anderen Teils sollte zu einem späteren, noch zu bestimmenden Zeitpunkt erfolgen. Das sei keine schöne Post, hörte Ott sie sagen.

Sie entfernte das Gummiband und gab es ihm mit einem Lächeln zurück.

Ott kehrt in das Abteil zurück. Die Frau mit dem *Reader's Digest* schaut nicht auf. Doch ist es ihm, als mißbillige sie aus einem ihm nicht erklärlichen Grunde seine Rückkehr.

Ott erinnert sich, daß sie ihm, recht unvermittelt, wie ihm schien, von einer Hausarbeit erzählt habe, die ihr daneben gegangen sei und die sie nun noch einmal schreiben müsse, damit sie den Prüfungsschein erhalte. Ott bedauerte sie und sagte ihr, das sei ärgerlich, gerade wegen des Zeitaufwandes, der damit verbunden gewesen sei. Ott erinnert sich weiter, im Verlauf der Vorlesung von ihr darauf hingewiesen worden zu sein, daß sie noch an diesem Tag heimreisen wolle, daß sie die Bahn nehmen wolle und daß die Reise vier Stunden dauern werde, da die Fahrt über Basel gehe. Ott weiß noch genau, wie verwundert er war, daß sie ihm all dies erzählte, und daß er sich, im Gegenzug sozusagen, veranlaßt fühlte, ihr zu verraten, daß auch er beabsichtigte, am Wochenende heimzureisen.

Ziemlich abrupt verringert der Zug seine Geschwindigkeit. Wenig später kommt er ganz zum Stehen. Ott öffnet das Fenster und vergewissert sich, daß der Zug auf offener Strecke hält.

Gegen Ende der Vorlesung stellte er ihr wieder die Frage, schlug ihr vor, die Zeit bis zur nächsten Vorlesung mit einer Tasse Kaffee zu überbrücken.

Ott schließt das Fenster und setzt sich. Die Dame mit dem *Reader's Digest* atmet spürbar auf.

Doch sie lehnte ab, sagte kurz und bündig, das ginge nicht, sie müsse noch packen.

Ein kurzer Pfeiffton erschallt. Kurz darauf ruckt der Zug an.

Nicht ihre Antwort war es, die Ott enttäuschte, ihn gar nicht, wie er meint, enttäuschen konnte, schließlich erwartete er keinesfalls, daß sie Zeit für ihn hatte. Es war die Art und Weise, die ihn verstörte, die Art, mit der sie gesagt hatte, sie müsse noch packen. Ganz ruhig hatte sie es gesagt, mit einem kleinen spitzen Lächeln, gerade so, als hätte sie auf seine Frage gewartet. Und nur diese vier Worte sagte sie, kein weiteres, kein Wort davon, daß es ihr leid täte. Sie sagte nur, sie müsse noch packen.

Der Zug hat inzwischen wieder seine normale Geschwindigkeit erreicht. Ott schaut aus dem Fenster.

Ott hatte keinen Grund, ihr nicht zu glauben, doch er glaubte ihr nicht. Er fragte sich, warum sie einen Vorwand benutzte, warum sie nicht sagen wollte, daß ihr der Sinn nicht nach einer Tasse Kaffee stand. Schweigend verließ er den Hörsaal. Kühl verabschiedete er sich.

Eine Straße windet sich von den Hügeln zur Bahnlinie hinab. Ein weißer *BMW* versucht, einen dunkelgrünen Möbelwagen zu überholen. Eine rot-weiß geringelte Bahnschranke fliegt vorüber.

Ott erinnert sich, daß ihm plötzlich das Bedürfnis nach frischer Luft überkam, daß er hastig das Universitätsgebäude verließ, hinausrannte, weder Regen noch Pfützen spürte und ziellos durch die Straßen der Innenstadt lief. Und dann, plötzlich, Ott ruft sich die Szene deutlich in Erinnerung, sah er sie.

Ein Zug fährt vorbei. Die Fensterscheibe vibriert vom Druck der komprimierten Luft.

Sie stand vor den Auslagen der Zeitung und las, sie, die angeblich keine Zeit hatte, sie, die hatte heimgehen und packen wollen.

Die Dame mit dem *Reader's Digest* fragt Ott nach der Uhrzeit. Ott sagt sie ihr. Sie seufzt und schüttelt den Kopf.

Ott ging zurück zur Universität. Die Vorlesung lief an ihm vorüber. Mittags sah er sie in der Mensa, sie, die hatte packen wollen. Er sah sie an, als er an ihr vorüberging und war sich sicher, daß auch sie ihn für einen Moment angesehen hatte, ehe sie ihren Blick angestrengt in die andere Richtung lenkte. Doch das erschien Ott inzwischen bedeutungslos. Er fühlte sich zu sehr verletzt, als daß er dem noch große Bedeutung beimessen konnte. Wenn überhaupt etwas Bedeutung erlangt hatte, dann war sie es gewesen.

Ott schaut aus dem Fenster. Seine Blicke verfangen sich in den Gleisen der Gegenspur und verfolgen sie.

Tage später machte Ott eine seltsame Erfahrung. Er spürte das Verlangen, sie wiederzusehen. Und er ertappte sich bei der Überlegung, möglicherweise habe sie doch noch gepackt, am Nachmittag, und sei heimgefahren, so, wie er jetzt heimfahre.

Er habe, denkt Ott, sicher zuviel hineingelegt in ihre, wie er damals fand, recht abweisende Äußerung, sie müsse noch packen. Und gerechterweise, denkt Ott, muß er sich eingestehen, daß auch er ihr einmal etwas vorgemacht, einen Vorwand benutzt hatte, damals, als er sich neben sie setzte und um die Vorlesungsaufzeichnungen bat.

Pünktlich um sechzehn Uhr einundzwanzig läuft der Zug im Hauptbahnhof Hannover ein.

Ein Mensch, der sich selbst verneint,
ist blinder und grausamer als andere.

LEO TOLSTOI

Die Vernehmung

Ansgar Ott, der ihm nahenden Bedrohung gewiß, hielt den Atem an. Der unordentlich wirkende Herr ihm gegenüber, in dem zerknautschten schwarzen Anzug, hatte seine schmuddeligen Akten mittlerweile über drei Sitze verteilt. Auch murmelte er unaufhörlich und unverständlich in sich selbst hinein. Jetzt schickte er sich sogar an, zu Ansgar Ott zu reden, da er sah, daß Ott seine Augen nicht mehr auf sein Buch gerichtet hatte.

„Nichts als Arbeit! Sogar hier im Zug", sagte der Herr laut, ohne jedoch den Kopf zu heben. Da keine Geste seinerseits darauf schließen ließ, daß er Ott habe ansprechen wollen, hielt dieser es für klüger, zu schweigen. Gleichwohl ahnte er, daß es unvermeidbar sein werde, sich auf ein Gespräch mit seinem Gegenüber einzulassen. Denn der Herr, davon gab sich Ansgar Ott überzeugt, gehörte ganz offenbar zu jener Sorte Menschen, der es am notwendigen Feingefühl mangelte. Als der Herr, Otts Schweigen beharrlich ignorierend, erneut einen klagenden Hinweis auf seine Tätigkeit anbrachte, entschloß sich Ott, ganz entgegen seinen Gepflogenheiten, doch zur Antwort. Offensichtlich hob Ott aber allzu mitleidsvoll auf die vermeintliche Überlastung seines Mitreisenden ab, so daß dieser, wie so viele Menschen, denen gerade jene Anteilnahme entgegengebracht wird, um die sie selbst gebuhlt haben, sofort in Abwehrstellung ging.

„Halb so schlimm", sagte der unordentlich wirkende Herr, dessen rundes Gesicht, im Gegensatz zu seinem sonstigen Habitus, ein wenig Frische ausstrahlte, und fügte in einem festen Ton, der auf unvergleichliche Wichtigkeit schließen ließ, hinzu: „Routine!"

Ansgar Ott, der sich ein wenig unwohl zu fühlen begann, bereute, auf das Gesprächsangebot eingegangen zu sein. Zu spät. Der Herr fuhr, ohne von seiner Tätigkeit aufzusehen, fort, auf Ott einzureden. Ott bemühte sich jedoch, nicht hinzuhören. Er schaute aus dem Fenster, über die Ebene, zu den im Gegenlicht am Horizont aufragenden Bergen und verlor sich in Gedanken. Da war das hochgesteckte Haar, die gelbe Bluse mit den weißen Punkten, die trockenen, so sehr zurückhaltenden melancholischen Lippen. Ott versuchte, seinen Gedanken freieren Lauf zu lassen, doch der Herr mit dem runden frischen Gesicht hatte Otts Fluchtversuch offenbar bemerkt, von seiner Tätigkeit aufgeschaut, dreist seinen Ton verstärkt und Ott damit jede Chance des Entrinnens erst einmal genommen. Als Ott sich solchermaßen jäh in die Gegenwart zurückgerissen sah und sich noch darüber klar zu werden versuchte, ob der Herr mit dem runden frischen Gesicht, der so unordentlich wirkte, ihm tatsächlich gerade bedeutet habe, er sei Richter an einem Landgericht, hörte er den Richter bereits lautstark fragen, was er, Ott, denn wohl so mache, und Ott wußte nun, daß er vorerst an den Herrn ihm gegenüber gebunden sein würde.

„Ich studiere", hörte Ott sich teilnahmslos sagen, und da er ahnte, daß die nächste Frage des Richters darauf abzielen werde, zu erfahren, was Ott studiere, fügte Ott „Volkswirtschaft" hinzu und, nach einem kleinen Zögern: „Und Jura".

Der Herr mit dem runden frischen Gesicht, der sich Richter nannte, schien sich zu freuen, daß Ott seiner Frage zuvorgekommen war, denn er legte seine Akten beiseite und sah Ott mit geneigtem Kopf an.

„Jura studieren Sie? Schlechte Berufsaussichten."

Ott fragte sich, weshalb der Herr ihm gegenüber diesen Telegrammstil pflegte. Laut sagte er: „Ich studiere Volkswirtschaft. Jura mache ich nur nebenher. Aus Freude an der Sache."

Der Richter lachte und schlug Ott, sehr zu dessen Abneigung, denn solche Vertraulichkeiten waren ihm zuwider, auf den Schenkel. „Stellen Sie sich das nur nicht so schön vor. Vieles von dem, was Sie auf der Universität lernen, können Sie später als Jurist wieder vergessen", sagte er und fügte mit der Eitelkeit von sich selbst eingenommener Menschen, die fürchten, längst Ausgesprochenes könne wieder in Vergessenheit geraten sein, hinzu: „Ich weiß das, ich bin Richter."

„Ich will kein Richter werden", sagte Ott zornig, „das Amt wäre mir zu schwer."

Wieder bemerkte Ott, wie der Herr mit dem runden frischen Gesicht in Abwehrstellung ging. „Ach", winkte er ab, „halb so schlimm. Ich bin Zivilrichter. Bausachen. Dazu reicht Aktenstudium. Manchmal löse ich drei oder vier Fälle an einem Tag." Und erneut setzte er das in Otts Ohren so magisch klingende Wort „Routine" hinzu. Dann fuhr er fort: „Das erschreckt Sie, nicht wahr? Das entspricht nicht dem geläufigen Richterbild, nicht wahr? Aber das Jurastudium reicht kaum für mehr. Vielleicht noch für einen Anwalt, wenn er tüchtig ist, aber sonst? Stellen Sie sich die Zukunft nicht zu rosig vor."

Offenbar, dachte Ott, hatte er vergessen, daß ich Volkswirtschaft studiere. Ott hielt es für müßig, ihn daran zu erinnern, und sagte statt dessen: „Mich reizt nicht die Praxis als Jurist, mich interessiert die Theorie."

„Und was", fragte der Herr, „glauben Sie, bringt Ihnen die Theorie?"

„Erkenntnis", sagte Ott.

„Und was", fragte der Herr in demselben amüsierten Tonfall weiter, „glauben Sie, nützt Ihnen Erkenntnis?"

„Nun", sagte Ott, „vielleicht hat sie keinen unmittelbaren Nutzen, aber das ist meiner Meinung nach auch nicht unbedingt erforderlich."

„Was also nützt Ihnen der Weisheit letzter Schluß?" fuhr der Richter in unverändertem Tonfall fort.

„Die Frage ist unfair", protestierte Ott.

„Unfair? Warum?"

„Weil Sie mich angreifen, ohne mich auch nur zu verstehen", sagte Ott.

Der Richter seufzte. „Also gut", fuhr er fort, „vielleicht verstehe ich Sie wirklich nicht. Frage ich also behutsam. Frage ich also, was Sie mit dem Erwerb von Kenntnissen bezwecken wollen."

„Das habe ich Ihnen gesagt", sagte Ott.

„Dann habe ich es nicht verstanden."

„Ich sammle sie, schreibe sie auf und tapeziere damit die Wände. Vielleicht verstehen Sie das", antwortete Ott.

Otts Erwiderung hatte dem Herrn die Sprache verschlagen, denn es wurde ruhig im Abteil, und das gab Ott Gelegenheit, sich von seinem Gegenüber abzuwenden und wieder in eine angenehmere Gedankenwelt zu fliehen. Gestern hatte er sie gefragt, ob sie am Abend nicht ein wenig Zeit habe für ihn, und sie hatte geantwortet, er möge vorbeikommen, um neun, fünfter Stock, viermal klingeln, und Ott erinnerte sich, daß er sich eine Gedankenbrücke gebaut hatte: Klingeln plus Stockwerk gleich Uhrzeit. Am Nachmittag hatte er dann so etwas wie eine kleine Plastik gebastelt, jedenfalls nannte Ott es Plastik, ein aus

Spaghetti, Maccaroni und Kaffeebohnen zusammengeklebtes Gebilde, weil er inzwischen wußte, daß sie gern Nudeln aß und Kaffee trank, schwarz und ohne Zucker.

„Als Erklärung kann ich es akzeptieren", hörte Ott plötzlich den Richter sagen, der sich aufdringlich zurückmeldete, weil ihm offenbar eine Antwort eingefallen war, „wenngleich es nicht überzeugt."

Ott wandte sich wieder seinem Gegenüber zu, der ihn herausfordernd angrinste. „Können Sie nicht wenigstens im privaten Gespräch Ihre Rolle als Richter vergessen und nicht gleich die Frage nach dem Zweck stellen?" sagte Ott.

„Ach so, das ist es!" Der Richter schien erleichtert. „Aber eine wichtige Frage bleibt es, das ist wohl nicht abzuleugnen."

„Alles und jedes muß offenbar einem Zweck dienen", sagte Ott verächtlich. „Warum will niemand verstehen, daß man etwas tut, einzig aus dem Grunde, weil es schön ist, weil es Spaß macht. Warum will niemand verstehen, daß man Handlungen auch aus einer Laune heraus vornimmt?"

„Und deshalb sind Sie so unzufrieden?"

„Sie scheinen wirklich nicht zu verstehen", sagte Ott. „Das Jurastudium habe ich aus einer Laune angefangen. Es macht mir Spaß, und ich studiere weiter. So einfach ist das. Aber je einfacher die Erklärungen, desto enttäuschter die Gesichter."

Die Richter schwieg. Für einen Augenblick schaute er aus dem Fenster, und Ott hoffte, er werde ein für allemal Ruhe geben. Doch wandte sich der Richter wieder Ott zu, der ihn die ganze Zeit beobachtet hatte. „Gut, gut", sagte er, „lassen wir das. Lassen wir auch unsere Gereiztheit. Sie ...", er zögerte und fuhr einschmeichelnd fort, „ ... beginnen, mich zu interessieren."

„Ich will Sie nicht interessieren", sagte Ott schroff, „Sie nicht und niemanden sonst."

„Pardon", sagte der Richter, dessen Tonfall bedeutend weicher geworden war, „in dieser Absolutheit nehme ich Ihnen das nicht ab. Aber gesetzt den Fall, es wäre so, Sie könnten es wohl kaum verhindern."

Ott, der sich sehr wohl bewußt war, eine törichte Bemerkung, streng genommen sogar eine Lüge, gesagt zu haben, mußte dem Richter innerlich Recht geben, hütete sich jedoch davor, es sich anmerken zu lassen.

„Aber wie dem auch sei", fuhr der Richter, das zuvor Gesagte vornehm umgehend, fort, „irgendwann ist Ihr Studium ja beendet. Was dann?"

Ott zog es vor, darauf nicht zu antworten. Sich Gedanken über die Zukunft zu machen, widerstrebte ihm. Was nach dem Studium komme, dachte Ott, werde sich schon ergeben. Wozu sich damit noch belasten? Um neun an jenem Abend hatte er bei ihr geklingelt, viermal. Es war ihm gelungen, die zerbrechliche Nudelplastik unbeschadet bis in ihr Zimmer im fünften Stock zu transportieren, und sie war in schallendes Gelächter ausgebrochen, als er noch während der Begrüßung seine auf dem Rücken verschränkten Arme löste und mit einer eleganten Bewegung seiner linken Hand das locker über seine Rechte geworfene weiße Taschentuch entfernte und so die in seiner rechten Hand verborgene Nudelplastik freilegte. Sie hatte sich riesig über das unförmige Gebilde gefreut, hatte sofort begriffen, daß es nicht Otts Absicht gewesen war, sich über sie lustig zu machen, hatte sofort verstanden, daß Ott ihr gern ein persönliches Geschenk hatte machen wollen, in seiner Unkenntnis über ihre Vorlieben und Abneigungen notgedrungen aber auf das Wenige hatte zurückgreifen müssen, was er von ihr wußte.

„Ich meine", sagte der Richter mit dem runden frischen Gesicht, dem es einfach nicht in den Sinn kommen wollte, daß Ott der Diskussion leid sein könnte, „wie stellen Sie sich Ihre Zukunft vor? Oder wollen Sie alle Ihre Entscheidungen – wie sagten Sie? – aus einer Laune heraus treffen?"

„Herrje", sagte Ott, „das ist doch immer dasselbe. Erstens: Warum? Zweitens: Wie soll es weitergehen? Ich weiß es nicht und will es auch gar nicht wissen."

„Diese Antwort habe ich erwartet", sagte der Richter genüßlich.

„Na schön", sagte Ott, „dann sind wir ja alle zufrieden und können uns wieder unseren Alltagsproblemen zuwenden, Sie Ihren Papieren und ich meinen Gedanken."

Doch darin hatte sich Ott gründlich getäuscht. Der Herr mit dem runden frischen Gesicht dachte nicht daran, seine Vernehmung aufzugeben. „Haben Sie denn keine Berufsvorstellungen, keine Lebensvorstellungen?" fuhr er unbeirrt fort.

Ott lachte. „Früher als Kind", sagte er, „habe ich auf diese Frage immer geantwortet: Lokomotivführer. Das war ernst gemeint, doch hat man mich ausgelacht und mir nicht geglaubt. Heute wehre ich neugierige Fragen ab, indem ich antworte: Architekt. Das stimmt zwar nicht, aber man glaubt mir."

„Sie empfinden meine Frage als neugierig?" erkundigte sich der Richter, indem er sich vorbeugte.

„Ja", sagte Ott kurz.

„Gut", sagte der Richter, „lassen wir das."

„Ja", stimmte Ott zu, „lassen wir das Gespräch." Für einen

Moment schien es so, als wolle sich der Richter wieder seinen Akten zuwenden. Doch dann sagte er leise, ohne aufzublicken: „Junger Mann, Sie sollten sich ein Ziel setzen."

Ott antwortete nicht, da er sich angewöhnt hatte, Sätze, die mit „Junger Mann" begannen, zu überhören.

„Ein Ziel", wiederholte der Richter, indem er aufschaute, „ein Ziel, dem Sie Ihre Kraft widmen können."

„Und dann?" fragte Ott gelangweilt.

„Was, und dann?" fragte der Richter brüskiert zurück.

„Wenn ich das Ziel erreicht habe", fragte Ott.

„Wieso?" Der Richter schien sprachlos.

„Wenn das Ziel erreicht ist, dann tritt doch der alte Zustand der Leere wieder ein", sagte Ott langsam.

„Dann setzen Sie sich ein neues Ziel", antwortete der Richter mit dem runden frischen Gesicht.

„Ein neues Ziel?"

„Ja."

„Und danach wieder eins?"

„Ja."

„Schön", sagte Ott, „das mag ja fürs erste trösten. Was aber ist das Endziel?"

„Glück", sagte der Richter.

„Glück?"

„Ja, Glück im Sinne von Glückseligkeit."

Ott lachte. „Das kann doch nicht Ihr Ernst sein", sagte er dann.

„Gewiß", sagte der Richter mit dem runden frischen Gesicht.

„Haben Sie diesen Zustand erreicht?" fragte Ott.

„Nein", sagte der Richter, „noch nicht."

„Machen Sie sich nicht etwas vor?" fragte Ott, „wie wollen Sie denn in dieser Welt Glückseligkeit erlangen?"

Der Richter schwieg.

„Na, schön", sagte Ott, „Sie haben mich zu diesem Gespräch herausgefordert, das ich nicht führen wollte. Jetzt, da Sie auf eine meiner Fragen keine Antwort geben, gebe ich Ihnen die, die ich Ihnen schon längst hätte geben können. Was Sie mir bisher gesagt haben und das, was Sie mir nicht gesagt haben, sondern mich nur spüren ließen, ist mir nicht neu. Es geht im Grunde genommen um einen fundamentalen Konflikt, nämlich, daß wir einerseits rational etwas erkennen, vor dessen Konsequenz wir uns aber gefühlsmäßig scheuen. Einerseits nämlich erkennen wir, daß uns diese Welt sehr wenig bietet und jegliches Tun letztlich, ich betone letztlich, ohne Zweck ist. Andererseits scheuen wir uns vor der Konsequenz, zu resignieren. Und der Grund, warum wir nicht resignieren, ist darin zu finden, daß wir alle in unserem Leben mehrerlei gefunden haben, das wir liebgewonnen haben und von dem wir uns nur höchst ungern trennen würden. Denn eine Trennung von dem, das wir liebgewonnen haben, verursacht Schmerzen, die weitaus größer sind als die, die uns das Lebendürfen in dieser Welt beschert und die uns veranlassen, zu resignieren.

Es ist dieses Wissen um die Bindung an das, was wir lieb-gewonnen haben, es ist einzig und allein dieses Wissen, das uns veranlaßt, zu bleiben und das uns aufrechthält."

Ott hielt inne, denn die letzten Sätze hatte er mit immer grö-ßerer Leidenschaft hervorgebracht. Der Richter jedoch zeigte keinerlei Reaktion, und so fuhr Ott fort:

„Trotz dieses Wissens aber vermögen wir im irdischen Leben keinen Sinn zu erkennen. Und das ist der Grund unserer Un-zufriedenheit, die Sie auch bei mir spürten, die aber nicht mit der Gereiztheit gleichzusetzen ist, mit der ich Ihnen anfänglich begegnete. Ihr Grund lag darin, daß ich derartige Gespräche schon dutzendmal geführt habe und daher – der induktive Schluß sei erlaubt – mich genau im Bilde wähnte über Ihre je-weils nächste Frage. Eine so ausführliche Antwort wie Ihnen heute habe ich allerdings noch niemandem gegeben."

Der Richter hatte die ganze Zeit aufmerksam zugehört. Auch nachdem Ott geendet hatte, schwieg er weiter. Erst als er sich sicher glaubte, daß Ott vorläufig nichts weiter zu sagen beab-sichtigte, fragte er vorsichtig:

„Und worin, bitte, besteht der Unterschied zwischen dem, was ich Glückseligkeit nenne und dem, was Sie als liebgewinnen bezeichnen?"

„Ich sehe ihn darin", antwortete Ott, „daß Liebe möglich ist."

„Und Glückseligkeit nicht?"

„Ich bezweifle es", sagte Ott, „ich könnte allenfalls daran glau-ben. Wenn aber Glaube gegen Erfahrung steht, entscheide ich mich für die Erfahrung und damit für die Liebe. Eine alles-umfassende Glückseligkeit bezweifle ich. Aber es gibt noch einen weiteren Unterschied."

46

„Und der wäre?"

„Er betrifft im Grunde mehr das Problem der eigentlichen Konfliktlösung. Sie mobilisieren Kräfte für selbstgesteckte Ziele, um endlich einen Zustand zu erreichen, den Sie Glückseligkeit nennen. Ich hingegen kann erst Kräfte mobilisieren, wenn ich den Zustand erfahre, den ich Liebe genannt habe."

„Ist denn Liebe wirklich ein Zustand?" unterbrach der Richter.

„Einverstanden", sagte Ott, „Ihre Glückseligkeit mag ein Endzustand sein, Liebe ist ein Prozeß, sie entsteht, sie wächst, sie vergeht, sie entsteht neu. Aber sie entsteht. Und sie entsteht unabhängig von unserem Willen. Und ist sie einmal da, so verleiht sie Kraft, der Resignation entgegenzutreten."

„Na schön", sagte der Richter, „Sie kämpfen für die Erhaltung der Liebe, ich für die Erreichung der Glückseligkeit. Was also unterscheidet uns? Erreichen Sie denn nicht Glückseligkeit, indem Sie Ihre Liebe erhalten? Sind Glückseligkeit und Erhaltung von Liebe nicht etwa identisch?"

„Falsch", sagte Ott, „erstens kämpfe ich nicht und zweitens ist Liebe nicht zu erhalten. Und letzteres ist auch der Grund, warum ich nicht an Glückseligkeit glaube."

Ott machte eine Pause. Und da auch der Richter nichts mehr zu entgegnen wußte, blieb es zu Ansgar Otts Genugtuung endlich stumm im Abteil.

Nichts auf der Welt ist es wert,
daß man sich von dem abwendet,
was man liebt.

ALBERT CAMUS

Das Übliche

Sie hatte das Wasser bereits aufgesetzt. Ansgar Ott sah, wie es in dem roten Emailletopf brodelte, als sie ihn einließ. Er freute sich, sie wiederzusehen, hatte, wie er sich selbst eingestehen mußte, dem Augenblick entgegengefiebert. Nun stand sie ihm gegenüber, in einer flatternden weißen Bluse, die eine mehrmals um den Hals geschlungene Kette zierte, knallroten engen Jeans und ebenso roten flachen Schuhen. Zur Freude Otts hatte sie sich die Haare wieder länger wachsen lassen. Hübsch, dachte er, unterließ jedoch jede allzu vertraut wirkende Geste, beschränkte sich auf ein zurückhaltendes „Hallo" und überreichte ihr die Flasche Chablis, die er unter dem Arm trug. Der spöttisch-amüsierte Blick, den sie ihm zuwarf, verwirrte Ott. Etwas hilflos sagte er mit unbewegter Miene: „Ich dachte, ich bringe etwas zu trinken mit, da du schon für das Essen sorgst."

Offenbar hatte er das Stichwort geliefert, denn sie verschwand in der Kochnische und warf die Nudeln aus der bereits aufgerissenen Tüte in das heftig blubbernde Salzwasser. Ott folgte ihr mit etwas Verzögerung, während sie zum Holzlöffel griff und die Nudeln in Bewegung hielt, damit sie nicht zusammenklebten.

„Hast du einen Haken für meinen Anorak?" fragte Ott.

„Nein", sagte sie kurz, „du mußt dir etwas suchen", während sie weiter im Salzwasser herumstocherte. Ott hing seine Jacke über ein Türscharnier ihres Kleiderschrankes. Als er in die Kochnische zurückkehrte, entschuldigte sie sich, daß sie hier in der Küche herumstehen müßten, aber sie habe es nicht anders einrichten können, da sie nicht genau gewußt habe, wann er komme.

„Macht doch nichts", sagte Ott und schaute gebannt ihren flinken Bewegungen zu, wie sie entschlossen den Topf mit der Fleischsauce packte, ihn auf die andere Herdplatte setzte, unter leichtem Neigen des Oberkörpers den Schalter drehte, so, als zweifele sie, die richtige Hitze gewählt zu haben, ihn dabei belehrend, daß das mit den Elektroherden immer so eine Sache sei, man wisse nie, ob man sich nicht bei der Temperaturwahl verschätze, dann wieder energisch zum Holzlöffel griff, um den Zustand der garenden Nudeln zu prüfen, offenbar befriedigt über das Ergebnis den Löffel aus der Hand legte und sich dann mit einem kleinen Schritt auf Ott zu der riesigen Glasschüssel widmete, um den Blattsalat zu wenden.

Fasziniert von ihrem Schwung, ihrem Eifer, ihrer Hingabe, wie es Ott scheinen wollte, entging es ihm, daß sie inzwischen das Thema gewechselt hatte. Erst allmählich löste er sich aus seiner Verträumtheit. Mehrmals vernahm er etwas, was ihm wie KaWe klingen wollte, und er ertappte sich dabei, wie er sie überflüssigerweise fragte, was denn KaWe sei, obwohl er hätte wissen müssen, daß sie Kommunikationswissenschaft studierte.

Sie lachte, seine Zerstreutheit bemerkend, und klärte ihn auf. „Man kann so schön nuscheln dabei", sagte sie spielerisch, und ehe er noch so richtig begriff, setzte sie auch schon an, es ihm vorzumachen, spitzte den Mund und preßte so etwas wie „Kommuwischwasch" heraus. Er mochte sie und war sich sicher, daß sie wußte, wie er dachte.

„Ach ja", erinnerte sich Ansgar Ott plötzlich, „ich habe noch etwas für dich", verließ die Kochnische, ging auf den Kleiderschrank zu, an dem sein Anorak hing, griff in die Brusttasche seiner Jacke und zauberte das kleine Päckchen hervor, das er für sie besorgt hatte und das trotz seiner Verpackung unzweifelhaft als Taschenbuch zu erkennen war.

„Nur das Übliche", sagte er mit leichtem Schulterzucken, indem er ihr das kleine Päckchen überreichte, „ich weiß, du liest gern."

„Du kommst mir vor wie der Weihnachtsmann", sagte sie schalkhaft und legte den Holzlöffel beiseite, um das Päckchen zu öffnen.

„Oh", strahlte sie, „das ist doch ... Irland, nicht wahr?"

„Ja", sagte er, „du hast einmal von ihr geschwärmt."

Auf einem ihrer Spaziergänge, die er scherzhaft Waldspaziergänge getauft hatte, hatte sie, eher beiläufig, einmal den Namen Edna O'Brien erwähnt. Sie hatten über ihre jeweiligen Reisepläne gesprochen, und als Ott ihr verriet, er wolle wieder nach Irland, hatte sie entzückt ausgerufen: „Oh, Irland! Da würde ich auch gern einmal wieder hin" und einer plötzlichen Eingebung folgend hinzugefügt, ihr sei kürzlich ein Buch in die Hände gefallen, das ihr sehr gefallen habe, *Country Girls* von Edna O'Brien. Es erzähle die Geschichte dreier irischer Farmerstöchter und sei wunderschön geschrieben. Es war das erste Mal gewesen, daß sie ihm gegenüber schöngeistige Literatur erwähnt hatte.

„Das weißt du noch?" fragte sie ungläubig.

Und ob Ott es noch wußte. Er hatte es sich schon deshalb gemerkt, weil er selbst noch nie etwas von Edna O'Brien gelesen hatte. Spontan hatte er damals beschlossen, sobald wie möglich sein Versäumnis nachzuholen. In Irland dann hatte er die Läden nach Ausgaben von Edna O'Brien abgesucht und drei Bücher von ihr gekauft, *Mrs. Reinhardt, Casualities of Peace* und auch jenes, das er ihr gerade überreicht hatte, *A Scandalous Woman*.

Ein wenig fassungslos schaute sie ihn an, und er sah in ihren glänzenden Augen, daß sie sich freute. Dann sagte sie mit leiser, weicher Stimme, indem sie mit dem Zeigefinger auf das Buchcover tippte: „Weißt du, die *Penguins* lese ich nämlich gern."

Ott hatte es vermutet, hatte geahnt, daß sie gern englische Texte las. Hatte sie nicht, ebenfalls auf einem jener Waldspaziergänge, erwähnt, daß sie eines Sonntags Wilkie Collins' *Moonstone* durchgeackert hatte? Hatte sie, die sich so leidenschaftlich für den islamischen Kulturkreis interessierte, ihm nicht einmal zu verstehen gegeben, daß sie die *Jerusalem Post* abonniert habe? Und hatten nicht ihre Augen geleuchtet, damals in der Setzerei, bei der Abnahme der verspätet montierten Seite, als sie ihm erzählte, sie habe vom Streik bei der *Financial Times* gelesen, jedoch gar nicht gewußt, daß die *Financial Times* derselben Verlagsgruppe angehöre wie *Penguin Books*. Hatte denn nicht bei der Erwähnung des Wortes *Penguin* so etwas wie Verehrung aus ihrem Blick gesprochen? Ganz naheliegend erschien es Ott da, nun, da er sie besuchte, ihr ein *Penguin* zu schenken, ganz naheliegend erschien es ihm, ihr, einer engagierten Frau, wie er aus zahlreichen Äußerungen von ihr wußte, eine Sammlung von Frauengeschichten zu schenken, noch dazu eine von einer Frau geschriebene, einer Irin, einer Bürgerin des Landes, das sie begeisterte.

Ott bot sich an, die Salatschüssel hinüberzutragen, in ihre Wohnecke, wo sie bereits die rechte Seite ihres Tisches eingedeckt hatte. Er mochte sie, seit sie ihm das erste Mal begegnet war, damals, am Tag nach der Wahl, als sie in die Redaktion gekommen war und er ihr die Hand reichte. Auf Anhieb, Ott wußte auch nicht warum, war sie ihm sympathisch gewesen.

„Machen die viel Krach?" fragte Ott, als er über den Tisch hinweg aus dem Fenster blickte und sah, daß ihre Wohnung dem Werk zu gelegen war.

„Ja", rief sie von der Kochnische aus, „sehr, die arbeiten rund um die Uhr, und bis zehn ist es immer laut."

Ansgar Ott war traurig gewesen, als sie die Redaktion wieder verließ. Er hatte sie schätzengelernt, in den wenigen Wochen, und Gefallen an ihrer bestimmten und offenen Art gefunden. Einmal hatte er ihr eine Karte geschrieben. Er hatte an sie denken müssen und es ihr mitteilen wollen. Wochen später, als er zufällig in ihrer Stadt weilte, hatte er sie angerufen, durchaus unsicher, wie sie reagieren würde.

„Einen schönen Blick hast du von hier", sagte Ott.

„Ja", rief sie von der Kochnische, „besonders morgens, wenn die Sonne aufgeht und die Stadt leuchtet."

Sie hatte sich sofort erinnert, als er anrief, sich erfreut gezeigt, sogar ein wenig aufgeregt geklungen. Sie würde sich wahnsinnig freuen, hatte sie gesagt, wenn sie sich sehen könnten. So hatten sie sich getroffen, vor dem Bahnhof, und sie hatte ihn durch die Stadt geführt, in Viertel, die ihm bisher unbekannt waren, und ihm dabei eine ganz andere Seite ihres Wesens offenbart. Heiter war sie, ausgelassen und fröhlich, quirlig und selbstbewußt, wie er sie bisher nicht gekannt hatte, und voller Taten- und Mitteilungsdrang. Schier unerschöpflich war ihr Redefluß, in dem sie gänzlich aufzugehen schien, und Ott, der ein guter und geduldiger Zuhörer war, ließ sie gewähren, sich austoben, denn er spürte, daß sich hinter ihrem Wortschwall ihre mühsam beherrschte Freude verbarg.

Wie ungezwungen sie plaudern, wie glänzend sie formulieren konnte. Wie herrlich ihre klaren blauen Augen sprachen, die Ott mehr verrieten als viele ihrer Worte. Wie durchdringend ihr Blick wurde, wenn sie entschieden, doch nie belehrend, auf ihrer Ansicht beharrte. *Die weiße Rose?* Kein guter Film. Natürlich, beeindruckend schon, aber das christliche Engagement, das eigentliche Motiv für den Widerstand, sei nicht klar genug herausgearbeitet worden.

Und wie mühelos sie umschalten konnte, Bedeutsames durch Belangloses abzulösen verstand! Eben noch hatte sie, mit gewichtiger Miene unterstreichend, gegen den Ernst des Lebens protestieren können, gegen die Gemeinheit, mit der man sie verpfiffen hatte, weil sie ihr Zimmer, was sie, wie sie sehr wohl wußte, nicht durfte, weitervermietet hatte und ihr demzufolge gekündigt wurde, da vermochte sie auch schon wieder ins Schwärmen zu geraten, sich an den Genüssen weiden, die das Leben auch bereithält, mit spielerischer Leichtigkeit ihre Erlebnisse hervorsprudeln zu lassen, wie sie durch Israel getrampt sei, im Heu ihren Schlafsack ausgebreitet habe, wie ihr in Istanbul, mitten auf der Straße, kaum daß sie den Stadtplan entfaltet habe, gleich eine Menschentraube von Türken jede erdenkliche Hilfe angeboten habe.

Und immer wieder, bei all ihren Worten, Sätzen, Gesten, flackerte ihr Humor durch. Dann schlugen ihre Augen Purzelbäume, die Unterlippe stülpte sich ein wenig, und sie brach in schallendes, von Herzen kommendes Gelächter aus. Nicht faßbar, daß sie während einer mehrwöchigen Tramptour durch England ihren eigenen Geburtstag vergessen habe, ihren eigenen Geburtstag!

Und was sie nicht alles wußte! Zu jedem Stein, jedem Staubkorn schien ihr eine ganze Geschichte einzufallen, zu jedem anderen Stein, jedem anderen Staubkorn wieder eine neue. Und selbst die kleinste Nebensächlichkeit schien ihr noch einer Erwähnung wert. Sie habe es förmlich riechen können, das eklig fahle, unter einer Dampfwolke zuckende Hammelfleisch, von dem James Joyce so wunderbar zu erzählen wußte.

Vier Stunden hatte sie ihm gewidmet, vier Stunden, in denen er nur Bewunderung für sie empfinden konnte. Und nun, knapp ein halbes Jahr später, stand er in ihrer Wohnung, blickte aus dem Fenster über die Stadt auf das hell erleuchtete Werk, und sie kochte für ihn.

„Setzt du dich schon einmal an den Tisch?"

Ihre klare Stimme schreckte ihn auf. Sie kam in ihrem leicht tänzelnden Gang aus der Kochnische, in der einen Hand die Nudelschüssel, in der anderen den Topf mit der Fleischsauce.

„Es ist besser, du nimmst den anderen Platz", sagte sie, als er auf die Stirnseite des Tisches zusteuerte, und fügte erklärend hinzu: „Wegen der Beine."

Ott mußte ihr rechtgeben und setzte sich auf den ihm zugewiesenen Stuhl.

„Gefällt es dir hier?" fragte Ott.

„Ja", sagte sie, „die Gegend ist nur ein bißchen spießig."

„Spießig?" fragte Ott, „inwiefern spießig?"

„Ach", wehrte sie ab, „weiß auch nicht, mittags riecht es in den Straßen immer so nach Essen, und auf der Fensterbank steht der Pudding zum Abkühlen."

Sie lachten.

„Herrje", schimpfte sie, „jetzt habe ich doch vergessen, die Fleischsauce abzuschmecken."

„Halb so schlimm", sagte Ott.

„Naaaaa ...", sagte sie mit zweifelndem Blick und fuhr entschuldigend fort, sie habe die Fleischsauce schon am Morgen vorbereitet, doch jetzt in der Aufregung vergessen.

„Halb so schlimm", wiederholte Ott, „ich schwärme geradezu für ungewürztes Essen."

„Danke", sagte sie und lachte.

„Das also ist das Übliche?" fragte Ott, indem er eine Nudel aufzuspießen versuchte.

Der Anruf kam plötzlich in seine Erinnerung. Als er ihr sein Kommen ankündigte und sie fragte, ob sie sich sehen könnten, hatte sie ohne Zögern zurückgefragt, ob er nicht Lust habe, zu ihr zu kommen, er könne ihre Wohnung sehen, und sie könne etwas kochen. Ott hatte zugesagt, ihr aber geraten, sich nicht in zu große Arbeit zu stürzen, woraufhin sie beschwichtigend „Nein, nein, nur das Übliche" geantwortet hatte.

„Ja", sagte sie lachend, da sie verstand, und Ott fragte sich, woher sie nur hatte wissen können, daß er gern italienisch aß.

Als er ging und sie sich von ihm mit einem leichten Schlag auf den Unterarm verabschiedete, war er versucht, sie an sich zu ziehen, sein Gesicht in ihrem Wuschelkopf zu vergraben und ihr einen Kuß auf die Stirn zu drücken, dahin, wo der Haaransatz begann.

Er wagte es nicht.

Ich würde Dir ohne Bedenken
eine Kachel aus meinem Ofen schenken

JOACHIM RINGELNATZ

Sonntag und

und
es wird nacht
und
so fern scheint mir der augenblick
da ich zuletzt
dicht an dich geschmiegt
dir über das haar strich
und
deine hände fühlte
die meine schultern abtasteten
und
meinen rücken suchten
und
den hals
und
die mir den bart zerwühlten
und
du drücktest unendlich leicht
deine trockenen lippen auf mein
augenlid
niemand von uns sagte ein wort
und
doch schwebte es fühlbar über uns
das bekenntnis
ich habe dich so lieb
und
so fern scheint mir der augenblick
und
doch so nah
daß ich nicht mehr spüre
wie gegenwart
sich mit vergangenheit

vermischt
und
ich in einen unendlich
schönen traum falle
und
als ich erwache
sehe ich dich neben mir
und
dein ruhiger atem verrät mir
daß du noch schläfst
und
während ich mich herumdrehe
und
einen arm um dich lege
wird mir bewußt
daß sonntag ist
und

Im Frieden kommst du nicht vorwärts,
im Krieg verblutest du.

FRANZ KAFKA

Die Entfernung

Die Nacht war schwül. Im Schlafzimmer hatte sich die Hitze gestaut und kaum Luft zum Atmen gelassen. Unruhig hatte sich Ansgar Ott hin und her gewälzt und war, da alle Versuche, die richtige Lage zum Schlafen zu finden, sich als nutzlos erwiesen, schließlich aufgestanden und in sein Arbeitszimmer hinübergegangen, um sich ein Buch aus seiner Bibliothek zu nehmen.

So mußte er wohl eine längere Zeit im Schein der Lampe gesessen haben und über seine Lektüre eingenickt sein, denn am Morgen fand er sich zu seiner Überraschung vor dem Schreibtisch sitzend. In den Händen hielt Ott eine Ausgabe von Albert Camus: *Der glückliche Tod.*

Ott benötigte eine Weile, um nachzuvollziehen, was ihn denn wohl an den Schreibtisch seines Arbeitszimmers getrieben haben könnte, doch fühlte er sich außerstande, abzuschätzen, wie lange er dort wohl zugebracht und was er gar gelesen haben mochte. Langsam nur kehrte die Besinnung zurück, und vage erinnerte er sich, daß es mit einem Mord, mit einem Schuß, der ein Leben auslöschte, begonnen hatte.

Mißmutig über den Verlauf der Nacht, die ihm weder genügend Schlaf noch die erhoffte geistige Zerstreuung gebracht hatte, stellte Ansgar Ott sich unter die Dusche. Das Frühstück ließ er ausfallen.

Die S-Bahn war voll. Ott erwischte nur einen Stehplatz im Mittelgang. Eingezwängt zwischen den Körpern der Mitreisenden, kaum fähig, sich zu bewegen, kam er sich reichlich verloren vor. Ein übles Gemisch aus menschlichen Ausdünstungen und abgestandenem Waggonmief hing schwer im Abteil und lähmte seine Sinne. Des Denkens kaum mächtig, ahnte Ott, daß sich wieder ein Tag zu formen begann, der ihm die Teilnahme an den Geschehnissen verwehrte.

Ott nahm den Waldweg zum Verlagsgebäude, dessen Betontürme ihm seltsam entrückt erschienen. Die Redaktion war zu dieser Tageszeit verlassen. Nur ein paar Putzfrauen huschten umher.

Ott war morgens meist zeitig, um sich mit Bedacht und Ruhe die Zeitungen anzusehen. Wenngleich er spürte, daß in seiner derzeitigen Verfassung Zeitungslektüre eine wenig nutzbringende Angelegenheit zu werden versprach, war er so sehr in seiner Alltagsroutine verhaftet, daß er von seiner morgendlichen Gewohnheit nicht lassen mochte.

Es war ein Wettkampf, den Ott ausfocht. Er spürte, daß etwas in ihm rebellierte, ihn trieb, ihn sich nicht selbst überlassen wollte. Und trotzdem begann er, sich zu zwingen, doch indem er sich zwang, verkrampfte er, und indem er verkrampfte, besiegelte er seine Niederlage. Gelassen zu bleiben, wenn er je dazu imstande war, hatte er längst verlernt. Ott wollte es sich selber zeigen, stand aber von Beginn an auf verlorenem Posten.

All sein Bemühen fruchtete wenig. Ott las zwar sorgsam und mit Bedacht, wie jeden Morgen, ohne aber den Sinn dessen, was er las, aufnehmen zu können. Der Tag, so schien es Ansgar Ott, hatte es darauf abgesehen, sich mit ihm anzulegen. Er entglitt ihm, war nicht in den Griff zu bekommen und begann, sich zu verselbständigen.

Das Telefon schrillte. Ein Leser war am Apparat, erregt, erbost über einen Druckfehler. Ott, der nicht auf Anhieb verstand, um was es ging, stammelte hilflos unzusammenhängend, fühlte sich persönlich angegriffen. Ein Wort ergab das andere, bis Ott schließlich heftig den Hörer aufwarf.

Ansgar Ott war erleichtert. Für einen Moment war der Druck von ihm gewichen. Er hatte sich gehenlassen, sich nicht gebremst, aber er hatte den falschen Zeitpunkt gewählt. Wäre er im Lot gewesen, hätte er das Gespräch nicht persönlich genommen, weil er den Anruf als das betrachtet hätte, was er war: ein schlichtes Geschehen, das sich mehrmals am Tag wiederholte.

Aber Ott war nicht im Lot, stand unter Anspannung, hatte die Kontrolle verloren. Er wollte den Tag biegen, wie er meinte, daß sich der Tag zu entwickeln habe, und erkannte nicht, daß er niemals den Tag werde biegen können, weil er dazu das Unmögliche hätte vollbringen müssen, sich selbst zu zwingen. Ansgar Ott erkannte nicht, daß er dabei war, sich von sich selbst zu entfernen.

Das wollte sich nicht mehr ändern, auch später nicht, als sie plötzlich in den Raum trat und Ott eine grausame Entdeckung machen mußte. Er erwartete sie nicht, und sie kam auch nicht seinetwegen, sondern um eine ressortübergreifende Angelegenheit zu klären.

Nur kurz öffnete sie die Tür, machte zwei Schritte in den Raum, brachte ihr Anliegen vor, wartete die Antwort des Ressortleiters ab und verschwand.

Ott war dieser Vorgang, so kurz er auch währte, nicht entgangen, und für gewöhnlich hätte selbst eine so flüchtige Begegnung ausgereicht, daß er reagierte, ihr zulächelte oder zunickte. Doch regte sich diesmal nichts in ihm. Schon gar nicht wirkten jene Kräfte, die ihm immer dann die ganze Welt verzauberten, wenn er ihre Nähe spürte.

Die Konferenz lief an Ott vorbei. Nicht nur, daß er die Zeitungen nicht in sich hatte aufnehmen können und damit die wichtigste Voraussetzung für eine Teilnahme an der Diskussion nicht erfüllte, es drängte ihn gar nicht, sich mit der morgigen Ausgabe zu beschäftigen. All das, was sein tägliches Schaffen ausmachte, was er vor wenigen Stunden noch hatte erzwingen wollen, zählte nicht mehr.

In der Kantine begegnete er ihr noch einmal, doch spürte er nicht das Verlangen, sich ihr zu nähern. Auch sie war ihm bedeutungslos geworden.

Als Ansgar Ott sich endgültig klar darüber geworden war, daß das Leben in ihm erloschen war, machte er sich auf den Heimweg. In der S-Bahn taxierte ihn minutenlang ein kleines Mädchen. Ott fühlte nichts mehr.

Sie riet mir, dem Journalismus zu entfliehen und zu schreiben, denn eine dieser beiden Tätigkeiten würde die Substanz erschöpfen, die ich für die andere nötig hätte. Sie hatte durchaus recht, und es war der beste Rat, den sie mir gab.

ERNEST HEMINGWAY

Das Schweigen

Er schritt quer über die Straße und näherte sich Ansgar Ott von der Seite.

„Könnte es vielleicht sein, daß wir uns von irgendwoher kennen?"

Die schneidende, in leicht ironischem Tonfall gehaltene Stimme ließ Ansgar Ott herumfahren. Noch während er sich umwandte, erkannte er sein Gegenüber.

„Sie?"

„Erstaunt?"

Zwei Männer im Abteil, eine harte Diskussion.

„Ich ..."

„Finden Sie nicht auch, wir sollten uns angemessen begrüßen?" unterbrach ihn der Mann. „Wie wär's mit einem Gläschen?"

Akten, Notizen, Korrekturen. Routinierter Arbeiter.

„Ich ..."

„Na, was zieren Sie sich?" lachte der Mann mit weit ausholender Geste, „kommen Sie." Und er legte einen Arm um Otts Schulter und geleitete ihn mit sanftem Druck auf die Straße.

Eine Straßenbahn schob sich an ihnen vorbei.

Er ist immer noch großspurig und aufdringlich, dachte Ott.

Nach und nach formte sich das Bild des Richters in ihm.

Sie fanden einen freien Tisch in den Weinstuben am Münster und bestellten zwei Ruländer.

„Wie geht es Ihnen?" fragte der Richter. „Was macht Ihr Jurastudium?"

Frage auf Frage, wie gehabt.

Ansgar Ott blickte dem Richter in die Augen.

„Warum schleppen Sie mich hierher?"

„Aber ich bitte Sie, als gute Bekannte!"

Der Wein kam, und der Richter sagte: „Also dann auf unser Wiedersehen."

„Zum Wohl", sagte Ott.

Zwei Tauben näherten sich unbekümmert dem Tisch.

„Sie sind mir noch eine Antwort schuldig", beharrte der Richter.

Ansgar Ott kniff die Augenbrauen zusammen. „Was wollen Sie von mir?"

„Was ich von Ihnen will?" Der Richter zeigte sich amüsiert. „Mich mit Ihnen unterhalten, die Zeit vertreiben, mit Ihnen das schöne Wetter genießen, nehmen Sie's, wie Sie's wollen."

Die Sonne stand jetzt fast senkrecht über dem Münsterplatz, und an den Rändern der Weingläser bildeten sich Perlen.

„Sie wissen doch, Sie interessieren mich", fuhr der Richter fort, „erinnern Sie sich?"

Ott schwieg. Er streckte sein rechtes Bein und scheuchte die Tauben auf.

„Vergessen Sie Ihren Kummer, freuen Sie sich über diesen gesegneten Tag", sagte der Richter. „Gibt es ein schöneres Fleckchen auf der Welt? Mittags hier auf dem Münsterplatz und abends, bei Dämmerungsbeginn, beim Inselwirt auf der Fraueninsel." Er lehnte sich weit zurück. „So läßt sich's aushalten."

„Ich habe keinen Kummer", sagte Ott, „und mir gefällt es hier durchaus."

„Na also", sagte der Richter, „dann besteht doch kein Anlaß für Ihre bärbeißige Miene." Er beugte sich leicht vor. „Daß Ihnen die Juristerei auf den Magen schlägt, na, das versteh' ich doch voll und ganz."

„Ich studiere nicht mehr", brachte Ott hervor, „ich ... ich stehe bereits im Berufsleben."

„Ach ja?"

Eine Bö frischte auf und brachte den herben Bratengeruch von den Wurstbuden herüber.

„Vielleicht sollten wir einen Happen essen?" schlug der Richter vor.

„Ich habe keinen Hunger", sagte Ott.

„Ach Hunger, junger Freund", sagte der Richter, „Hunger habe ich auch nicht, aber Appetit. Schauen Sie doch um sich!" Er riß seinen Arm empor. „Da ist das Leben. Da spielt es sich ab.

Dem können Sie sich doch nicht verschließen! Dem müssen Sie doch Ihr Herz öffnen und ...", lachte er, „ ... den Magen. Aber wenn Sie nicht wollen ..."

Der Richter winkte der Bedienung und bestellte sich eine Portion Munsterkäse.

„Und was machen Sie jetzt?"

„Ich arbeite als Journalist", sagte Ott.

„Oh", sagte der Richter, der seine Enttäuschung nicht verbergen konnte, „keine weise Entscheidung."

„Wieso?" fragte Ott.

„Wohin wollen Sie es denn als Journalist bringen? Wohin können Sie es bringen?" fragte der Jurist.

„Muß man es zu etwas bringen?" fragte Ott.

„Ach so, richtig", erinnerte sich der Richter, „Sie pflegen Ihre Entscheidungen ja aus einer Laune heraus zu treffen, nicht wahr?"

„Diese aber nicht", protestierte Ott, „dies habe ich immer gewollt."

„Oho!" höhnte der Richter, „wer hätte das gedacht?"

„Ja, aber es ist nun mal so", sagte Ott.

Der Käse wurde serviert, und der Richter bat um ein wenig Kümmel.

„Was sind Sie schon als Journalist? Ein Nichts!"

„Die Presse ...", begann Ott.

„Papperlapapp", unterbrach ihn der Richter, der offensichtlich wußte, was Ott zu sagen beabsichtigte, „niemandem nützt sie. Oder glauben Sie wirklich, es interessiere jemanden, was in der Zeitung steht? Übrigens, den Käse sollten Sie auch einmal versuchen, ganz vorzüglich."

„Und Sie?" ereiferte sich Ott, das Angebot des Richters ausschlagend, „wem nützt Ihre Arbeit?"

„Meine Arbeit? Die nützt den Menschen selbstverständlich", sagte der Richter. „Da die menschliche Natur nun einmal zum Streiten neigt, braucht es immer ein paar Dummer, die schlichten, weil sonst viel Schlimmeres geschehen würde. So einfach ist das."

„Die journalistische Arbeit nützt auch den Menschen, weil sie ohne mutige Journalisten die Wahrheit nicht erführen", entgegnete Ott.

„Tatsächlich?" fragte der Richter amüsiert. Er schaute zum tiefblauen Himmel empor und blickte dann Ott an. „Es fällt mir schwer, Ihre Worte so stehen zu lassen, aber nehmen wir einmal an, es wäre tatsächlich so, daß Journalisten edle Wahrheiten verbreiten. Wen interessieren denn eigentlich Wahrheiten?"

Ansgar Ott schwieg.

„Wahrheiten will niemand hören", sagte der Richter, „weil sie der Alltag sind. Was ist wahr? Wahr ist, daß wir hier sitzen, die Sonne genießen und genüßlich unseren Wein schlürfen. Aber wen interessiert das? Und warum sollte es jemanden interessieren? Schauen Sie sich um, und Sie erkennen, daß zig andere es uns gleichtun."

„Wahr ist aber auch", sagte Ott, „daß zig andere auf dieser Welt es sich nicht leisten können, hier müßig in der Sonne zu sitzen und Wein zu trinken."

„Zugegeben", sagte der Richter, „doch wen interessiert das? Auch das ist schließlich Alltag."

„Das ist blanker Zynismus von Ihnen", empörte sich Ott.

„Nein, nein", wehrte der Richter ab, „das ist die Realität." Und nach einer kleinen Pause fügte er hinzu: „Nicht ich bin also zynisch, die Realität ist es bisweilen."

„Das scheint Sie aber nicht sonderlich zu kümmern", entgegnete Ott.

„Ach Gott", sagte der Richter philosophisch, „was heißt schon kümmern?"

„Na, Sie scheinen sie hinzunehmen, Ihre zynische Realität", sagte Ott.

„Tja ...", sagte der Richter, „was bleibt mir übrig? Mich dagegen aufzulehnen?"

„Sie könnten zumindest Ihr Wissen und Ihre Einstellung der Öffentlichkeit zur Verfügung stellen", sagte Ott.

„Um Himmels Willen!" rief der Richter. „Als selbstgefälliger Journalist etwa? Oder als Publizist, wie diese Herren sich gern salbungsvoll nennen? Wem nützte das?"

„Allen", sagte Ott.

„Unsinn", entgegnete der Richter, „das befriedigt nur die eigene Eitelkeit. Mit dem erhobenen Zeigefinger durch die Welt zu gehen, ist meine Sache nicht. Das ist Anmaßung und glatte Selbstüberschätzung."

„So sehen Sie das also", sagte Ott beleidigt.

„So sehe ich das", sagte der Richter. „Tut mir leid, junger Freund, aber ich habe für Scheingefechte nichts übrig. Ich ziehe dem Reden und Schreiben und Belehren das Handeln und Helfen vor. Vor allem aber schätze ich das Schweigen."

Es wurde still am Tisch. Der massige Turm des Münsters flimmerte im Gegenlicht.

„Ein gutes Tröpfchen, nicht wahr?" sagte der Richter, „trinken wir noch ein Viertele?"

„Nein danke", sagte Ott.

Ich bin nicht Stiller!

MAX FRISCH

Das Eigentliche

„Ich habe nachgedacht über unser Gespräch gestern", sagte Ansgar Ott zu dem Richter, als sie sich am nächsten Tag auf der Straße trafen.

„Und?" fragte der Richter.

„Ich gebe meinen Beruf auf", sagte Ott.

Der Richter schwieg.

„Ich mag kein Journalist mehr sein."

Der Richter schwieg.

„Sie sagen ja gar nichts."

„Sind Sie glücklich?" fragte der Richter Ott Wochen später, „ich meine, sind Sie sicher, die richtige Entscheidung getroffen zu haben?"

Ott schwieg.

Etwas an ihm hat mich überrascht, dachte der Richter. Es hat mich überrascht, daß er in bestimmten Fällen Engagement entwickeln kann, obwohl er unglücklich ist, ich spüre es, jede Geste, jedes Wort von ihm verrät es.

Er glaubt, daß ich unglücklich bin, dachte Ott, aber er täuscht sich.

Wenn er von bestimmten Dingen überzeugt ist, dachte der Richter, dann vertritt er seine Position mit Leidenschaft.

Aber ihm fehlt jede Leidenschaft, wenn er Ansichten hört, die im Grunde die seinen sind, die er sich aber nicht eingestehen will. Er ist unglücklich.

Er wundert sich, daß ich mich gar nicht aufs Freuen verstehen will, dachte Ott. Er glaubt, ich sei hell und wach, doch in meinem Innersten verschlossen.

Er macht sich etwas vor, dachte der Richter, behauptet, er habe immer schon Journalist werden wollen. Und plötzlich wirft er von heute auf morgen alles hin. Entweder hatte er falsche Vorstellungen oder er hat sich jahrelang selbst belogen.

Er täuscht sich, dachte Ott, für ihn bedeutet Beruf alles, für mich nichts. Er weiß nicht, daß der Journalismus mich aufzehrt, mir die Kraft raubt, keine Zeit mehr für das Eigentliche läßt.

Er hat wieder aus einer Laune heraus entschieden, dachte der Richter, morgen wird er wieder schreiben.

Er täuscht sich, dachte Ott.

Er glaubt, daß ich mich täusche, dachte der Richter, aber er täuscht sich. Man kann sich nicht aus seinem Beruf herausstehlen und ins Schweigen flüchten.

„Ich bin kein Journalist", antwortete Ott dem Richter und ging weiter.

Rein oder Nichtrein,
Klopfen oder Nichtklopfen.

JAMES JOYCE

Der Brief

Gelassen, wie es ihm seiner Gesundheit förderlich erschien, schritt Ansgar Ott die Stufen hinab. Noch Zeit, um beim Postfach vorbeizuschauen. Man weiß ja nie. Prüfend, ohne zunächst die Systematik zu erkennen, glitten Otts Augen über die mattsilbrigen Aluminiumtürchen. Da! In aller Ruhe schob er den Schlüssel ins Schloß, drehte ihn, sich dabei Zeit lassend, nach links, und zog langsam das Fach auf. Tatsächlich, ein weißes Kuvert! Ott nahm es freudig an sich und schloß wieder ab. Hmm. Vertraute Handschrift. Schiefsitzende Briefmarke. Muß wohl in Eile gewesen sein. Irgendwie ist ja immer etwas krumm an ihren Briefen. Sofort aufreißen? Die Katze aus dem Sack lassen? Oder noch warten, die Spannung erhöhen? Sofort aufreißen. Wissen, was los ist. Oh, da ist sie ja schon. Mit dem grünen Zeichen in der erhobenen Rechten schob sich das Fräulein Sagmeier durch die Menge. Ja, das Fräulein Sagmeier. Sargmeier?? Wird immer grantig, wenn man sie so anredet. Aber auf Fräulein besteht sie. Seltsame Nudel. Kommt vom Hochschwarzwald. Nun aber sputen. Ott schob den Brief ungeöffnet in die Tasche seines Trainingsanzuges. Nichts wie hinterher. Sonst wird's Essig mit dem Frühsport.

Morgen, Herr Nachbar ... sind Sie gestern noch ... was, die ganze Nacht? ... habe geklopft bei Ihnen ... kann ich Ihnen beweisen ... 18 Grad ... ach, das bißchen ... hundertprozentig ... müssen Sie unbedingt hin ... kein Wunder, bei meinen Bronchien ... prinzipiell gegen Medikamente ... Paprikaschnitzel ...

Mühsam bahnte sich Ott einen Weg durch den schwatzenden Pulk. Ah, endlich frische Luft. Draußen im Hof lauerten schon ein paar seiner Gruppe. Die Vorhut. Die Eifrigen. Die die Sache im Griff haben. Und das Fräulein Sagmeier? Wo ist denn das Fräulein Sagmeier? Ist doch genau Viertel nach. Na, was kümmert's mich. Ott fischte den Brief aus der Tasche. Eifrig bemühte er sich, den rechten Zeigefinger hinter die linke Ecke der Lasche zu bekommen, rutschte aber ab, so daß er, entgegen seiner Hoffnung, den Brief mit einem einzigen Ratsch öffnen zu können, lediglich einen Schnipsel zu fassen bekam. Enttäuscht über das mißglückte Unterfangen wollte er sich gerade der anderen Briefseite zuwenden, da schoß auch schon das Fräulein Sagmeier an ihm vorüber, einen Troß hungriger Frühsportler im Gefolge.

– Morgen die Herren! Ab, Marsch, Marsch!

– Moin, Morjen, Mosche, Morge.

Ein Ruck ging durch das beturnschuhte Rudel. Nu kuck dir den an! Der kleine Pfälzer! Immer vornewech! Stürzt sich doch glatt auf das Fräulein Sagmeier und nimmt ihr, darin ganz Galan, die Arzneitasche ab. Fräulein bleibt Fräulein. Und Mann erst recht! Na endlich! Ansgar Ott hatte den Zeigefinger doch noch unter die Lasche bugsiert und den Brief aufgeschlitzt. Immerhin. Zwei Blätter eng mit Schreibmaschine beschrieben.

– Waren Sie gestern auch beim autogenen Training?

Wer fragt denn da? Gewaltige Stimme. Nordbadisch? Südhessisch?

– Natürlich.

– Klappt's?

Mittlerweile hatte die Prozession die kleine Brücke über den Bach erreicht, wo ein findiger Geist mittels eines Flaschenkorkens, diverser Kronkorken und Drähten ein Miniaturmühlrad errichtet hatte, das hurtig arbeitete.

– Man muß abwarten.

Ott hatte die Stimme inzwischen als die des kleinen Dickerchens identifiziert, der mittags regelmäßig um Nachschub schnorrte.

– Finde, das bringt nichts.

Muß der mich jetzt aufhalten? Sieht doch, daß ich beschäftigt bin. Tippfehler! Natürlich! *Freak-Brief???* Hat vielleicht Vorstellungen.

– Oder bringt es Ihnen was?

– Wie? Nein. Das heißt, weiß noch nicht. Wahrscheinlich schon. Ist ja ganz schön hartnäckig. Gönnt mir ihren Brief nicht.

– Sie haben wohl Post bekommen?

Ah, sieh an. Schlaues Bürschchen. Sorte Schnellmerker. Sie waren jetzt an der Straße angelangt. Links. Rechts. Frei. Rüber. In den Park. Dem geteerten Übungsplatz zu. Lässig warf Ott seinen Klinikausweis auf die Bank.

– Immer ordentlich aufeinander! Eine nach der anderen! Schön ausgebreitet!

Ach nee! Der kleine Pfälzer wieder. Führt hier wohl das Kommando?

– Los geht's!

Das Fräulein Sagmeier hatte sich in die Mitte des Platzes postiert.

– Hände gegeneinander! Arme reiben, Brust, Schenkel, Beine, auch mal zwischendurch klopfen.

Ansgar Ott spürte den Umschlag in der Tasche seines Trainingsanzuges. Von wegen *Freak-Brief!* Buchstabe für Buchstabe, Wort für Wort, Zeile für Zeile wohlüberlegt gesetzt. Ausgeklügelt. Solides gründliches Werk. Schweißarbeit!

– Uuuuund die Beine spreizen, Boden antippen, strecken!

Solch liederliche Schreiben zu verschicken, solch schludrige Gedankenlosigkeit. Schlampe!

– Uuuuund die Arme in die Hüfte, beugen, nach links, nach rechts, nach vorn.

Macht sich auch noch lustig. *Witzig zu lesen!* Mache doch keine Witze. Ist doch mein verdammter Ernst. Aber die Jugend heutzutage! Hat's nicht nötig, glaubt wohl, kann sich alles erlauben. Und so was soll mal unsere Renten bezahlen.

– Uuuuund mal die Schultern lockern, kreisen, Arme hinterm Hals verschränken uuuuund die Ellbogen zusammen, auseinander, zusammen, auseinander, noch einmal, und wieder die Schultern lockern, kreisen!

Steht mir zwar nicht an, sie zurechtzuweisen, aber was zu weit geht, geht zu weit. Die Meinung mußte ihr mal gesagt werden.

– Uuuuund die letzte Übung! Rechtes Bein gestreckt zur Seite und das linke wegschlagen, und rechts und links und rechts und links, ja!

Will ihn sogar aufheben. Aufbewahren für alle Zeit. Immerdar für hier und heut'. Na, meinetwegen. In Ewigkeit, Amen.

Sonne: Komm raus! Sonne: Komm raus! Sonne: Komm raus!

Ach herrje, hab' ich doch glatt die letzte Übung versäumt. Erst der dreifache Schlachtruf am Ende der Frühgymnastik, den das Fräulein Sagmeier der Abwechslung halber von Tag zu Tag aufs neue ersann, riß Ansgar Ott aus seinen Gedanken. Doch für ein rechtzeitiges Einschwenken in den Rhythmus der brüllenden Kehlen war es bereits zu spät. Na, was soll's. Die Sonne wird sich 'nen Deubel drum scheren, den Begierden zweier Dutzend Schreihälse zu erliegen. Männer! Keine süßlich säuselnden Sirenen! Und schon stob die Meute der Bank zu, wo das Fräulein Sagmeier die Teilnahme am Frühsport mit ihren Zeichen im Ausweis quittierte. Hab' ich's mir doch gedacht! Wer kann's denn anderes sein, der dem Fräulein da zur Hand geht? Lauthals die fertig signierten Karten verteilt? Türlich der kleine Pfälzer. Auf dem Rückweg bot sich Ott endlich die Gelegenheit, den Brief ganz zu lesen. Er plazierte seinen Ausweis meist möglichst weit oben, damit er ihn, nach Fräulein Sagmeiers gnädiger Absegnung, wieder rasch in Empfang nehmen und dem Trupp voraus zur Klinik eilen konnte. Aha, Mutter in *Schweden. Zum Segeltörn.* Und's Töchterchen? Führt den Haushalt. Führt? Wohl keine Rede davon. *Genießt* ihren *Sauladen.* Na, wenigstens ehrlich. Weiß, was sie anstellt. *Tzz! Geschirr von einer Woche!* Anstatt täglich ein bißchen für Sauberkeit zu sorgen! Ich sag's ja. Aber sich dann über die Schufterei beklagen. Ott zog die Glastür zur Klinik auf und reihte sich ein in den Strom der dem Frühstücksraum Entgegeneilenden. Natürlich! *Wieder in der Lokalredaktion gelandet.* Als *Redigierknecht?* Eher wohl Magd. Aber Redigiermagd? Oho! Schon geöffnet. Jetzt Schlangestehen. Brotbüffet. Sechs verschiedene Sorten Brot einschließlich Brötchen. Jedem nach seinem eigenen Gusto. Nur kurz noch den Brief in die Tasche. Redigiermagd klingt irgendwie nicht. Jedenfalls ungewohnt. Wäre aber konsequenter. Wo sie doch sowieso in Frauendingen, also die Sache der Frau immer so vertritt. Ja, zwei Scheiben Roggenvollkorn müßten reichen. Oder lieber noch ein Leinsamenscheibchen dazu? Weil, morningsport makes hungry. Nanu? Nachbarn noch nicht in Sicht? Sind doch sonst immer so pünktlich! Tatsächlich der Erste. Und heute wieder Quark! *Freak-Brief!?* Wie sie nur darauf kommt?

– Einen guten Appetit, der Herr!

Die schmächtige Dame neben ihm und der forsche Herr, Ott gegenüber, ehemals Filialleiter einer Bank, erschienen fast gleichzeitig. Mit einem Seufzer nahm der Filialleiter Platz.

– Es geht doch nichts über ein schönes Frühstück!

Recht hat er ja. Haben Banker ja meistens. Ob er sich wohl vorstellen kann, daß es ohne ihn noch viel schöner wär'? Wohl kaum. Glaubt bestimmt, daß es ohne ihn nicht geht. Nicht gehen kann. Hätte wohl sonst keinen Infarkt gekriegt.

– Kaffee?

Ein entschlossener Griff zur Kanne. Weit aufgerissene Pupillen, erst auf die schmächtige Dame gerichtet, dann auf Ott.

– Sie? Sie?

Doppeltes Veto! Donnerlittchen! Ökonom ist er sogar schon beim Frühstück! Rationeller Arbeiter. Die beiden Scheiben Sesam legt er penibel nebeneinander. Deckungsgleich bei einhundertundachtzig Grad! Verteilt dann den Inhalt des Margarinenapfs gleichmäßig auf die beiden Scheiben, klatscht die Marmelade auch noch drüber und verschlingt dann, frei von jeglichen Streichzwängen, beide Scheiben nacheinander. Hätt' eigentlich den Quark auch noch draufschichten können. Wär' ein Abwasch gewesen. Aber den hebt er sich bis zum Schluß auf. Da soll noch einer mitkommen. Naja, vor der letzten Konsequenz scheuen die Männer sowieso immer.

DAME: Heut' sollen es 33 Grad werden.
BANKER: Und heut' abend Gewitter.
OTT: Aha.
BANKER: Hat's Fernsehen gesagt.
DAME: Die ganze Woche soll es schön bleiben.
OTT: Tatsächlich?
BANKER: Aber heut' abend soll Gewitter kommen.
DAME: Ein bißchen Abkühlung könnte nicht schaden.

Haben vielleicht Sorgen! Wartet's doch ab! Werdet's schon
noch erleben, wie's Wetter wird, da können die im Fernsehen
sagen, was sie wollen.

– Haben Sie gestern auch Boris Becker gesehen? Unvermittelt
wechselte der Bankfilialleiter das Thema. Meint er mich?

– Bitte?

– Boris Becker. Tennis.

– Nein.

– Hat ja wieder gewonnen.

– So.

– Ja, hat wieder gewonnen, in drei Sätzen.

Soll ich jetzt toll sagen? Mich freuen? Stolz sein? Was interessiert mich denn Tennis? Langweiliges Gekloppe! Ruhig früh-
stücken will ich. Ob ich ihm die Wahrheit sage? Ehrlichkeit
zahlt sich ja meist nicht aus. Und gegen rechthaberische Banker ist ohnehin kein Kraut gewachsen. Aber ihn ein bißchen zu
kitzeln, wär' vielleicht nicht schlecht.

– Wissen Sie, Tennis interessiert mich nicht so besonders.

– Waaaas? Interessiert Sie nicht? Boris interessiert Sie nicht? Doller Kerl. Ist goldrichtig, der Junge.

Der letzte Bissen dick marmeladenbestrichenen Sesambrotes verschwand in des Bankers Mundöffnung. Gleich schiebt er den Quark in die Höhle. Lieber weg von hier.

– Also, dann noch einen schönen Tag.

Vorwurfsvolle Blicke der schmächtigen Dame, die nun ihr Frühstück unterbrechen und aufstehen muß. Fassungslos auch der Banker.

– Sie gehen schon?

Ja, was glaubst du denn, was ich hier tue? Frühgymnastik habe ich hinter mir, weißt du doch.

– Ja, hab' noch Ergo jetzt.

– Jetzt Ergo?

– Ja, um halb.

– Oh? Ist es schon ...? Und? Wieviel Watt?

– Fünfzig.

– Na, dann treten Sie mal schön.

Junge, wenn du wüßtest, wie gern ich treten würde! Da würdest du aber kuck'n. Langsam schlendernd verließ Ott den Speisesaal. Ah, die haben schon die neuen Karten rausgehängt. Na, mal sehen, was es zu Mittag gibt. Karlsbader Gulasch? Noch nie gehört. Oblatenstückchen zu Mittag? Wär' ja 'n Ding! Na, überraschen lassen. Klingt irgendwie interessant. Und auch

100

vertraut. Karlsbad. War da nicht was? Richtig. Da war sie doch kürzlich gewesen. *Für ein paar Tage auf Reportage.* Komisch, wie schnell einem das Kaff wieder über den Weg läuft. Jesses, der Brief! Ansgar Ott wandte sich der Trepe zum Untergeschoß zu und stieg bedächtig die Stufen hinab. Hatte ihn der Banker mit seinem blöden Gequatsche doch glatt aus seinen Gedanken gerissen. Entschlossen holte Ott das Kuvert wieder hervor. Also, einen Jargon hat sie vielleicht am Leib! *Das haut einem doch fast die Krone vom Kopp! Total kregel!* Gibt's das? Oder hier: *Es gibt Texte, da knackt man einfach ein.* Knackt man einfach ein!

– Oh, Entschuldigung!

Die große, schlanke Dame mit dem strengen Knoten im Haar, die am Bücherstand herumstöberte, war urplötzlich zurückgewichen und Ansgar Ott auf die Zehen getreten.

– Macht nichts.

Daß die hier aber auch noch Bücher aufstellen müssen. Ist sowieso schon eng genug. Könnten die Bücher doch auch da drüben neben den Kiosk stellen! Aber da laufen natürlich nicht so viele Leute vorbei. Sehen die nicht so wie hier. Hat schon seinen Sinn. Aber hinderlich ist es irgendwie. Muß sich immer durchboxen. Ganz schlimm, wenn dann noch welche am Ansichtskartenständer herumfummeln und sich nicht entscheiden können. Dabei ist eine Karte so häßlich wie die andere. Egal wie, geht immer zulasten des Körpers, wenn man hier durchwill. Na, auf den Kopf gefallen ist sie ja nicht. Gibt sich doch glatt als Unkundige aus, weil sie einen Text nicht kapiert und schmeichelt dem Chef, er als Ortskundiger werde das doch sicher besser verstehen. Richtig so. Nur nicht in krumme Geschichten verwickeln lassen. Der Kleine ist sowieso immer der Gelackmeierte. Aber die Großen können es auch nicht immer besser. Ha! Was macht der Chef, dies faule Aas? Hängt den

Artikel unredigiert ins Blatt, weil er auch nichts kapiert. Hoho! Wenn der Leser wüßte, was ihm da manchmal serviert wird! Aber kaufen tut er seine Zeitung ja doch immer wieder. Will doch wissen, was los ist auf der Welt. Als ob diese Idioten von Redakteuren das wüßten! Aber der Leser glaubt ja perfiderweise, was er da liest. Hat ja in der Zeitung gestanden! Aber die Zeitung ist nun mal keine Bibel, und Journalisten sind alles andere als Propheten. Oh, da wären wir ja schon, wär' doch beinahe vorbeigelaufen, bei all der Grübelei. Sowas! Langsam drückte Ott die Tür zum Umkleideraum auf. Whi! Könnten das Ding eigentlich auch mal ölen.

– Dann wollen wir wieder mal, was?

Der Kameramann aus Baden-Baden stand in Turnhose da.

– Sind Sie auch hochgesetzt worden?

– Ja.

– Wieviel?

– Fahr' jetzt fünfzig.

– Fahr' auch fünfzig.

Oh, kuck an, einige Bienenfleißige sitzen schon in den Startlöchern. Dummer Vergleich! Startlöcher ist falsch. Hoch zu Roß! Hoch zu Roß sitzen sie! Können wohl gar nicht erwarten, endlich trampeln zu dürfen. Am Pult von Fräulein Striegle gab Ott seinen Ausweis ab.

– Sie können auf die Sechs.

Ott ging zum Gerät. Hm. Sattelhöhe müßte hinhauen. Pedalriemen auch. Und die Lenkstange? Eigentlich Quatsch. Zu lenken gibt es nichts. Trotzdem, vielleicht ein bißchen mehr nach vorn? Ott schwang sich auf das Rad. Vielleicht den Sattel noch ein bißchen höher? Er stieg wieder ab, ließ den Sattel eine Stufe höher einrasten und setzte sich wieder. Ja, gut so. Ih! Nun nahm das Fräulein Striegle ihn an die Reihe, sprühte kalte Flüssigkeit. Schauderhaft! Zweimal auf die Brust und einmal in die Flanke. Und welch Vergnügen es ihr bereitete! Weibliche Heimtücke! Wo wir Männer doch alle so kribbelig sind. Das Fräulein Striegle befestigte die Nippel.

– Wir können!

Nun war die Anlage eingeschaltet.

– ALS DIE RÖMER FRECH GEWORDEN ...

Geht das wieder los! In das Gesurre von zwanzig Rädern, in das Getrete von vierzig Beinen donnerte lauthals der Mädchenchor. Immer wieder dieselbe Dudelei!

– SIMSERIMSIMSIMSIMSIM ...

Tagaus, tagein. Ob die keine anderen Bänder haben? Wozu überhaupt dies Gedröhne? Diese falschen Frohsinn vorschützenden Melodeien? Auch nicht einer tritt deswegen auch nur einen Deut kräftiger in die Pedale! Müssen die Nadel ja immer bei fünfzig Umdrehungen halten. Also, wozu das Geschmettere? Macht einen eher krank als gesund. Gleich werden sie eine Schule bauen, nach ihrem Geschmack. Ist wohl der Geschmack des Hauses? Fahrradfahren bei dröhnender Musik, und dabei nicht vorankommen. Muß sich das mal vorstellen! Zwanzig beleibte Männer, allein schon grausige Vorstellung genug, angetrieben von den Klängen eines Mädchenchores, treten entschlossenen Muts vor sich hin, stumm, dabei imaginär auf eine saftiggrüne, tannenumsäumte Traumlandschaft zufahrend, kommen aber nicht vom Fleck. Kommen nicht vom

Fleck, die Trottel! Was Erbärmlicheres hat die Welt noch nicht gesehen!

– HERR QUINTILIUS VA-HARUS

Auch der nicht.

– SCHNÄTTERÄNGTÄNG!!

Was'n mit dem los? Hat se wohl nicht mehr. Wie ein Wilder tritt der Kameramann plötzlich, schraubt die Drehzahlen in schwindelerregende Höhen: Hundertzwanzig. Hundertvierzig. Hundertfünfundfünfzig. Und grinst dabei, der Heini, Junge, laß die Sperenzchen! Das Fräulein Striegle schaut bereits dunkel aus ihren Augenwinkeln. Gleich pfeift sie ihn zurück. Siehste! Hab's doch gewußt. Das Fräulein Striegle dreht ihm glatt den Hahn ab. Jetzt kuckst du dumm, was? Da:

– WIR BAUEN EINE SCHULE

Hab's doch gewußt!

– NACH UNSEREM GESCHMACK

Na, baut mal schön. Und das hier nu fuffzehn Minuten lang. Stures Getrete. Jämmerliches Gedröhne. Oneeonee. Bohn' in die Ohr'n! Könnt' man wirklich brauchen. Wieso fällt mir jetzt grad die olle Kamelle von Gus Backus ein? Weiß auch nicht. Oder doch? Hatte sie da nicht noch was von einem Liederabend geschrieben? *Schmalzige Melodien aus den fünfziger Jahren? Zwei kleine Italiener?* Meine, hab' vorhin sowas gelesen. Na, mal nachsehen nachher.

– Noch eine Minute!

Das Fräulein Striegle schrie von ihrem Pult aus in das Geplärre

104

und streckte den rechten Daumen in die Höhe. Gott sei Dank hat die Schinderei endlich ein Ende. Für heute. Morgen auf ein neues. Selbe Zeit. Selbes Rad. Selbe Musik. Schnätterängtäng! Ansgar Ott holte sich vom Pult seinen Ausweis zurück, in dem immer akkurat die Pulszahl festgehalten wird. Fünfundneunzig. Na bitte. Gar nicht übel. Ott ging in den Umkleideraum zurück.

– Das geht ganz schön in die Knochen, was?

Wer spricht? Ach, ist das nicht ...? Ist das nicht der Kerl, den man sonst nur mit der Schlägermütze sieht? Komisch, mit nackter Brust und nackten Beinen sehen die immer ganz anders aus. Aber's sind wohl dieselben.

– Naja, man gewöhnt sich dran.

– Ja, der Mensch ist ein Gewohnheitstier.

Diese Sprüche! Wieso müssen die nur immer Platitüden absondern? Sollen doch still sein, wenn sie nichts zu sagen haben. Ott verließ den Umkleideraum in Richtung Aufzug. Wollen doch nu ma kuck'n. Er kramte den Brief hervor. Richtig. Hab' doch richtig gelesen. *Schauspieler singen schmalzige Lieder aus den fünfziger Jahren. Zum Schreien!* Kann's mir vorstellen!

Aber so war das damals. Hab's ja miterlebt. Da war sie noch gar nicht auf der Welt! *Zwei kleine Italiener.* Von *Conny.* War meine erste Schallplatte. Ja, bei Pommerien in der Gudesstraße. Vier Mark glaube ich. Mühsam vom Taschengeld abgespart. Waren aber wohl schon die sechziger Jahre. Einundsechzig oder zweiundsechzig, schätze ich. Oje, die Fahrstühle sind wohl wieder unterwegs. Kuck dir die Traube an, die da schon wartet! Ist aber auch schlimm mit den Fahrstühlen hier. Nur zwei für sechs Stockwerke. Und Treppenlaufen ist nicht drin. Was soll's. Hab' ja Zeit. Und'n Brief zum Lesen. Das heißt, eigentlich habe ich ihn doch durch, oder? Da ist er ja. Gleich geht's Geschiebe und Geschubse los. Wart' lieber auf den anderen. Hallo, das nenn' ich Glück. Da ist der andere ja auch bereits. Nichts wie rein! Und gleich ganz nach hinten! Muß eh ganz oben raus. Aber in dem Gewühle ist's Essig mit dem Brief. Wart' ich halt. Du liebe Güte, einige kapieren's nie. Das Erdgeschoß ist das Untergeschoß, der erste Stock das Erdgeschoß. Jedenfalls tun die hier so. Verwirrend, ja, aber so ist das nun mal. Und drücken muß man halt auch, wenn man im Erdgeschoß raus will. Sonst hält der Aufzug nicht. Vor allen Dingen auf E wie Erdgeschoß drücken, nicht auf Eins!! Ohja, wieder so 'n ganz Schlauer. Drückt beides! Will auf Nummer Sicher gehen. Und die, die nach ganz oben wollen, müssen's ausbaden. Werden immer kräftig durchgeschüttelt, wenn der Fahrstuhl auf jeder Etage hält. Daran denkt kein Schwein! Endlich im Vierten! Jetzt aber aufs Zimmer und ausruhen. Was bringt der Tag sonst noch? Heut' mittag Wandern, klar, und um sechzehn Uhr Vortrag. Vielleicht noch ein bißchen Schwimmen? Und die Hallengymnastik nachher nicht zu vergessen. Na, bis dahin sind ja noch fast zwei Stunden Zeit. Kann ich ihren Brief noch einmal in aller Ruhe lesen. Ja!

Komm, wir gehen
Wir können nicht
Warum nicht?
Wir warten auf Godot
Ach ja

SAMUEL BECKET

Wenn zwei Menschen miteinander anfangen zu raufen, bleiben die Passanten stehen und verfolgen den Vorgang mit dem größten Interesse. Sie sind fasziniert und gespannt, obwohl sie die Motive, die zu dem Konflikt führten, nicht kennen ...

HAROLD PINTER

Das Picknick

Ott und der Richter liegen im Wald, der eine rechts, der andere links eines Baumes. Neben ihnen liegen verschiedene Dinge: Rucksäcke, Kochgeschirr, Tassen, Gabeln, Messer, außerdem zwei Schaufeln und eine Axt. Vor Ott steht ein Spiritusbrenner, den er vergeblich in Betrieb zu setzen versucht. Der Richter schaut ihm eine Weile zu, ohne ihm jedoch zu helfen. Er dreht sich weg und legt sich hin. Ott fummelt am Spirituskocher weiter. Dem Richter wird es zu langweilig, und er zieht aus seinem Rucksack ein Kreuzworträtselheft hervor, begibt sich dann auf die Suche nach einem Bleistift, der irgendwo auf dem Boden herumliegt. Nachdem er ihn gefunden hat, legt er sich wieder hin, schlägt das Rätselheft auf und beginnt zu raten. Ein Zug pfeift.

RICHTER *teilnahmslos* Der Personenzug vier Uhr dreißig.

OTT Wir müssen eine Kuhle graben.

RICHTER *läßt sich nicht stören* Hm.

OTT *in unverändertem Tonfall* Wir müssen eine Kuhle graben.

RICHTER *mit der gleichen Reaktion* Ja.

OTT *energischer* Wir müssen eine Kuhle graben.

RICHTER *ebenfalls energischer* Ja doch.

OTT *noch nicht schreiend* Wir müssen eine Kuhle graben.

RICHTER Eine grubenähnliche Vertiefung mit fünf Buchstaben?

OTT *schreit* Eine Kuhle.

RICHTER *jauchzt und fährt auf* Eine Kuhle!

OTT ... müssen wir graben!

RICHTER *spricht langsam das Wort Kuhle vor sich her, während er es in das Heft einträgt*

OTT *läßt von seiner Tätigkeit am Spirituskocher ab und reißt dem Richter das Heft aus der Hand* ... müssen wir graben!

RICHTER *völlig erschrocken* Ott! Ich möchte gern ein Rätsel raten.

OTT *wieder in normalem Tonfall* Wir müssen eine Kuhle graben, Richter. *Pause* Eine Kuhle.

RICHTER *naiv* Warum, Ott?

OTT Fragen Sie nicht. *Pause* Holen Sie die Axt.

RICHTER Die Axt? Aber Ott, was soll ...

OTT Ich habe gesagt, holen Sie die Axt.

RICHTER *versöhnlich* Schön, Ott, ich hole die Axt. Aber geben Sie mir bitte mein Rätselheft zurück.

OTT *grob* Sie sollen die Axt holen!

RICHTER Bitte, Ott, ich mag diesen Ton nicht. *Entschließt sich, steht auf und holt die Axt, die am Baum lehnt* Das Rätselheft können Sie selbstverständlich behalten, ich schenke es Ihnen.

OTT *indem er das Heft dem Richter vor die Füße wirft* Sie sollen die Axt holen, weiter nichts, hören Sie?

RICHTER Ott! *hebt das Heft auf und wischt den Schmutz mit dem Handrücken ab*

OTT Halten Sie den Mund. *Pause* Stellen Sie die Axt zurück.

RICHTER *verblüfft* Zurück? An den Baum? Haben Sie nicht gerade gesagt, ich solle die Axt holen?

OTT Das ist schon lange her. Jetzt sage ich: Stellen Sie die Axt zurück. *Heftig* Stellen Sie sie zurück!

RICHTER *amüsiert* Dann hätte ich sie ja auch gleich da stehen lassen können. Gestatten der Herr, daß ich jetzt weiterrate?

OTT Dummes Geschwätz. Wir müssen eine Kuhle graben. Holen Sie die Schaufel her.

RICHTER *nach kurzem Überlegen* Nein.

OTT *bissig* Holen Sie die Schaufel!

RICHTER *ruhig* Nein, Ott. Überlegen Sie mal, wenn ich jetzt die Schaufel hole und Sie anschließend sagen: Stellen Sie sie wieder weg, dann ...

OTT ... dann stellen Sie sie wieder weg, klar?

RICHTER *trotzig* Dann kann sie auch gleich da liegen bleiben.

OTT Kann sie nicht! *Pause* Sie wollen also keine Kuhle graben?

RICHTER Das habe ich nicht gesagt, Ott. Ich grabe gerne eine

Kuhle, Ott, das wissen Sie.

OTT Warum tun Sie dann nicht, was ich sage?

RICHTER Weil ... sehen Sie ... *Pause, dann zornig* Ach, lassen wir doch die Schaufel und graben eine Kuhle!

OTT Ich spüre doch, Sie haben gar keine Lust, eine Kuhle zu graben.

RICHTER *entschieden* Wenn ich sage, daß ich gern eine Kuhle grabe, dann grabe ich auch gern eine Kuhle!

OTT Warum haben Sie dann die Schaufel nicht geholt?

RICHTER Ach Ott! *Pause* Na gut, hol' ich die Schaufel. *Bückt sich*

OTT *beleidigt* Ach, lassen Sie doch die Schaufel liegen. Dann graben wir eben keine Kuhle.

RICHTER Konnte ich mir doch gleich denken, daß ich die Schaufel liegen lassen soll. *Dreht sich um und sieht Ott zerknirscht* Ott! *Eilt zu ihm* Was ist? Hab' ich Ihnen was getan? *Pause* Ach Ott, wissen Sie, wenn Sie keine Lust haben, eine Kuhle zu graben, dann habe ich auch keine Lust, eine Kuhle zu graben.

OTT *springt auf* Dacht' ich's mir doch. Sie wollen keine Kuhle graben!

Schweigen. Ott geht zu einem weiter entfernt gelegenen Baum und setzt sich. Währenddessen kramt der Richter sein Rätselheft hervor und fängt an, ein Rätsel zu lösen. Beide verhalten sich abwartend. Ott wird nervöser. Schließlich steht er auf und kramt aus einem der Rucksäcke ein Butterbrot hervor, nimmt sich eine Stulle und geht auf seinen Platz zurück. Es herrscht wieder Ruhe. Nur sein Schmatzen ist zu hören. Das macht den Richter langsam nervös. Mehrmals schaut er vorwurfsvoll zu Ott, der sich aber nicht stören läßt. Schließlich wirft er sein Rätselheft weg, will aufstehen, doch da sieht er, daß sich auch Ott erhebt, und er angelt sich wieder sein Rätselheft, um sich damit zu tarnen. Ott holt sich erneut eine Stulle. Er hat sich gerade wieder gesetzt, da wirft der Richter sein Rätselheft erneut fort, steht auf und holt sich ebenfalls eine Stulle. Es herrscht wieder Ruhe. Nur beider Schmatzen ist zu hören.

RICHTER Ah, Blutwurst.

OTT Ja, Blutwurst.

RICHTER Gute Blutwurst.

OTT Ja, gute Blutwurst.

RICHTER Ich esse eigentlich furchtbar gern Blutwurst, wissen Sie?

OTT *teilnahmslos* Mm.

RICHTER Ich könnte stundenlang Blutwurst essen. *Pause* Stundenlang!

OTT Stundenlang?

RICHTER Ja. *Pause.* Stundenlang. Und überessen, überessen würde ich sie mir nie.

OTT Aha.

RICHTER Ehrlich nicht. *Pause* Ja, früher ... früher, da konnte ich keine Blutwurst sehen. *Pause* Mein Vater, wissen Sie, mein

Vater, der hat sie schrecklich gerne gegessen, aber ich nie. *Pause* Aber dann gab es wochenlang nur Blutwurst, wissen Sie, nur Blutwurst, nichts anderes als Blutwurst, keine Leberwurst oder Mettwurst, immer Blutwurst. *Pause* Sie müssen wissen, mein Vater hat die so schrecklich gern gegessen. *Pause* Meine Mutter mußte andauernd Blutwurst kaufen, weil mein Vater die so furchtbar gern aß. *Pause* Und hatte Mutter die mal vergessen oder so, was ja vorkommen kann, und das ist tatsächlich vorgekommen, müssen Sie wissen, dann war zu Hause die Hölle los. *Pause* Er hat nichts anderes angerührt als Blutwurst. *Pause* Nur Blutwurst hat er gemocht. *Pause* Aber jetzt ...

OTT *spöttisch* Aber jetzt können Sie Blutwurst essen, was? Stundenlang, was?

RICHTER Jetzt ja.

OTT Sie sind ganz schön blutrünstig.

RICHTER Wie?

OTT Blutrünstig, sagte ich.

RICHTER Blutrünstig, sagten Sie?

OTT Blutrünstig, sagte ich, jawohl, blutrünstig.

RICHTER Wieso? Wie können Sie so etwas sagen, Ott?

OTT Wieso? Wieso? Immer nur Blutwurst fressen! Stundenlang!

RICHTER Mäßigen Sie sich, Ott.

OTT Wie?

116

RICHTER Mäßigen Sie sich, sagte ich.

OTT Mäßigen?

RICHTER Mäßigen, jawohl, mäßigen.

OTT Das sagten Sie?

RICHTER Das sagte ich.

OTT Mir?

RICHTER Ihnen.

OTT Sie gehen zu weit, Blutrichter.

RICHTER Wie?

OTT Sie gehen zu weit, sagte ich.

RICHTER Sagten Sie Blutrichter?

OTT Sagte ich.

RICHTER *erbost* Mir?

OTT *lacht* Ihnen, Blutrichter.

RICHTER *nimmt die Axt und will auf Ott losgehen*

OTT *lacht unbeeindruckt* Blutrichter!!

RICHTER Sagen Sie das noch mal! Sagen Sie das noch mal und ich ...

OTT *höhnisch* Und Sie ... was? *Neckisch* Schlagen Sie doch zu! Los, schlagen Sie zu.

RICHTER *zögernd* Ich sollte wirklich ...

OTT Na, los doch, schlagen Sie zu. Ich hab's doch verdient. *Pause* Hab' ich's nicht verdient?

RICHTER Wahrhaftig, Sie haben es.

OTT Warum schlagen Sie dann nicht?

RICHTER *läßt die Axt sinken* Ich ... ich ...

OTT Feigling.

RICHTER *legt die Axt weg*

OTT *spöttisch* Sie sind mir aber ein feiner Richter.

RICHTER *verstört* Bitte?

OTT Ein feiner Richter sind Sie! Gehen mit der Axt auf die Menschheit los. Vollstrecken Sie so Ihre Urteile, Blutrichter?

RICHTER Was hat denn das ...

OTT *provozierend* Vollstrecken Sie so Ihre Urteile?

RICHTER Sie haben mich persönlich angegriffen.

OTT Na und? Darf man Richter nicht persönlich angreifen?

RICHTER Sie haben mich persönlich angegriffen. Als Mensch. Nicht als Richter. Und ich habe als Mensch reagiert.

OTT Haha! Als Mensch hat er reagiert, unser Blutrichter, als Mensch. *Pause* Indem er mit der Axt auf die Menschheit losgeht. *Pause* Ein schöner Mensch, unser Herr Richter!

RICHTER Hören Sie auf!

OTT Aufhören? Ich fange erst an.

RICHTER Aufhören!

OTT Wahrlich, ein schöner Mensch, und so besorgt, mitfühlend ...

RICHTER Hören Sie auf! *Will wieder zur Axt greifen*

OTT Hoho! Und wieder greift er zur Axt, unser Richter, unser Mensch. *Pause* Wie einfallsreich in seinen Mitteln, der Herr Richter! *Poetisch werdend* Zur Axte schlich er und fällte seinen Spruch.

RICHTER So hören Sie doch auf!

OTT *genüßlich* Zur Axte schlich er und fällte seinen Spruch. Und den Gegner auch! Tusch für den Herrn Richter. *Pause* Wo sind Ihre Ideale, Blutrichter?

RICHTER *schleudert die Axt nach Ott, doch der weicht aus.*

OTT Wo ist Ihre Glückseligkeit, Blutrichter? Erinnern Sie sich? Wo ist Ihre Glückseligkeit? Was ist aus ihr geworden? Haß? Selbstverachtung? Menschenvernichtung? Na, so spukken Sie mal aus.

RICHTER *hat sich inzwischen beruhigt* Und was ist aus dem geworden, was Sie einst Liebe nannten? Brutalität? Folter? Zynismus?

OTT Schweigen Sie!

RICHTER Ach, das hören Sie wohl nicht gern, was?

OTT Schweigen Sie, Sie haben kein Recht, so zu reden!

RICHTER *spürt zunehmende Überlegenheit* Ach, das hab' ich nicht? Aber Sie nehmen sich heraus, mich Blutrichter zu nennen? O Gottogott, Ott!

OTT Schweigen Sie!

RICHTER *spöttisch* Ott aus dem Trott! Ott aufs Schafott!

OTT *verzweifelt* Richter, wir sollten eine Kuhle graben!

RICHTER *zunehmend selbstgefällig, tanzt* Ott aus dem Trott! Ott aufs Schafott!

OTT Wir sollten eine Kuhle graben.

RICHTER *in Trance* Hätten wir sie nur schon gegraben.

OTT Ja, hätten wir es nur schon.

RICHTER Ja, hätten wir es.

OTT *gewinnt an Selbstvertrauen* Dann hätten wir was geleistet.

RICHTER Ja, dann hätten wir etwas geleistet.

OTT So aber ...

RICHTER So aber ...

Vorhang

ABC-Geschichten

Aus dem Nachlaß von Ansgar Ott (II)

Ein Mann, der Herrn K. lange nicht gesehen hatte, begrüßte ihn mit den Worten: „Sie haben sich gar nicht verändert." „Oh!" sagte Herr K. und erbleichte.*

BERTOLT BRECHT

Jemand mußte Josef K. verleumdet haben ...

FRANZ KAFKA

Ärsche

O. hatte keinen Arsch.

Er ging zum Arzt und sagte: Herr Doktor, ich habe keinen Arsch.

Aha, sagte der Arzt und schwieg.

Nach einer Weile fragte er: Und wer bin ich?

Mein Arsch, sagte O. daraufhin, machte auf dem Absatz kehrt und verschwand.

Bärte

O. hatte seinen Bart verloren.

In der Folgezeit wandte sich ein jeder von ihm ab. Doch O. gab die Hoffnung nie auf, ihn eines Tages wiederzufinden. Seine Suche führte O. in die große Stadt. Dort traf er einen Bäckerlehrling, der O. geduldig anhörte.

Ich wollt', ich hätte keinen Bart, sagte der Bäckerlehrling, aber ich muß ihn tragen. Wir alle müssen ihn tragen.

Sicher, sagte O. Es ist jedoch eine Schande für den, der keinen trägt, denn wer seinen Bart aufgegeben hat, hat auch sich aufgegeben. Letzten Endes ist der Bart das Symbol der Überzeugung. Der Bäckerlehrling schwieg.

Nein, widersprach er dann leise, die Überzeugung ist ein Symbol des Bartes.

O. hat seinen Bart nicht wiedergefunden.

Fortan lebte er allein.

Hilflos.

Ohne Bart.

Die Worte des Bäckerlehrlings hatte er nicht verstanden.

Es hätte ihm auch nichts genützt.

Contraste

O. saß in einem Café und fing Gesprächsfetzen auf.

Es ist falsch, was du tun willst, sagte eine Stimme am Nebentisch, nichts auf der Welt ist es wert, daß man sich von dem abwendet, was man liebt.

Verzeihung, sagte O., indem er sich zum Nebentisch wandte, wenn ich mich da einmische, aber ich muß Ihnen widersprechen.

Aber bitte, sagte die Stimme am Nachbartisch, halten Sie Ihre Meinung nicht zurück.

Ich meine, sagte O., daß es sehr wohl etwas gibt, das einen solchen Wert besitzt.

Tatsächlich? fragte die Stimme erstaunt.

Ja, sagte O., ich meine die Erinnerung an die Liebe zu dem, was man liebt.

Das klingt paradox, absurd, sagte die Stimme.

Nein, antwortete O., weil die Liebe vergänglich, die Erinnerung aber beständig ist.

Determinanten

O. hatte beschlossen, zu demonstrieren.

Er hatte sich ein Transparent gebastelt, es mit den Worten *EIN Demonstrant ist kein Garant* beschriftet und sich in die Mitte des Marktplatzes begeben. Bewegungslos stand er da und hielt mit der einen Hand sein Transparent in die Luft. Die andere Hand steckte in der Manteltasche.

Ein aufgebrachter Bürger kam O. entgegengeeilt.

Sehe ich richtig? sagte er.

Danach sollten Sie Ihren Arzt fragen, sagte O.

Sie tragen ein Transparent? sagte der aufgebrachte Bürger.

Das sehen Sie zweifellos richtig, sagte O.

Sie wollen das Volk zum Demonstrieren aufwiegeln, empörte sich der Bürger.

Ich will nicht aufwiegeln, sagte O., ich will die Unzufriedenen mahnen, sich zusammenzufinden und ihren Unmut zu äußern.

Aber warum nur? sagte der erschrockene Bürger, warum sollte jemand unzufrieden sein in diesem Land?

Das sollten Sie sich fragen, sagte O., sind Sie zufrieden?

Vollkommen, sagte der Bürger.

Das glaube ich Ihnen nicht, sagte O., nach unserem Gespräch zu urteilen sind Sie über mich, mein Transparent und meine Worte unzufrieden. Warum demonstrieren Sie nicht gegen mich?

Ich und demonstrieren? rief der zufriedene Bürger entsetzt, nein, ich bin immer ein anständiger Bürger gewesen.

O. schwieg.

Dann sagte er: Viel zu viele Bürger sind viel zu anständig. Das ist der Grund, warum ich hier stehe.

Sie sind ja Anarchist, entsetzte sich der anständige Bürger.

Nein, sagte O., ich bin Determinant.

Determinant? fragte der Bürger.

Ja, sagte O., ich determiniere.

Sie determinieren? fragte der Bürger, wen oder was?

Eine kommende Demonstration, sagte O.

Welch eine Anmaßung, rief der Bürger.

O. sah den aufrechten Bürger ruhig an.

Dann sagte er: Das wird nur jemand behaupten können, der von sich glaubt, nichts determinieren zu können.

Erfahrungen

O. ging spazieren.

Ein Mann kam ihm entgegen und trat in eine Pfütze.

Sie sind ein Tolpatsch, sagte O.

Vielleicht, antwortete der Mann, jedoch ist es eine ganz neue Erfahrung für mich gewesen, in eine Pfütze zu treten.

Und halten Sie diese Erfahrung für notwendig? fragte O.

Unbedingt, sagte der Mann, ich bin das erste Mal in eine Pfütze getreten.

Würden Sie wieder in eine Pfütze treten wollen? fragte O.

Nein, sagte der Mann, es lohnt nicht. Aber vielleicht werde ich einmal nicht umhin kommen, hineintreten zu müssen, und dann wird es mir mit meiner jetzigen Erfahrung leichter fallen, es zu tun.

Fäkalien

O. ging in ein Hotel und wollte übernachten.

Wie heißen Sie bitte? fragte der Portier.

Ich heiße O., sagte O.

Wie heißen Sie? fragte der Portier.

Ich heiße O., sagte O.

Haben Sie keinen Namen? wollte der Portier wissen.

Ich hatte einmal einen, sagte O., aber es ist nur noch das O übrig.

Das verstehe ich nicht, sagte der Portier.

Nun, begann O. zu erzählen, ich hieß einmal Ansgar Ott. Doch das R erinnerte mich stets an Rübezahl und Rumpelstilzchen. Und da ich weder das eine noch das andere zu sein vorgab, strich ich den Buchstaben.

Sie strichen den Buchstaben, wiederholte der Portier fassungslos.

Im selbsten Moment strich ich auch das A, fuhr O. fort, da es mich an Angst und Alaska erinnerte. Und dann brachte mich das G auf Gurke und Guppies, das N auf Nebel und Nashörner, das T auf Talmi und Tingeltangel und das S gar auf Seuche, Schweiß, Schraubstock und Schwur. Und da ich all diese Dinge gleichermaßen haßte, strich ich sie ebenso wie das R.

Und so blieb das O übrig, folgerte der Portier.

Ja, sagte O., das O blieb übrig. Ich wollte es eigentlich auch streichen, denn es erinnerte mich an Oberhaupt und Opfer.

Und warum haben Sie es nicht gestrichen? fragte der Portier.

Das hätte einer Selbstaufgabe entsprochen, sagte O., und so ließ ich das O stehen. Trotz Oberhaupt und Opfer.

Gesetze

O. hatte sich eine Reckstange gekauft. Solch eine, wie sie neuerdings überall angeboten wurden. Niemand ging mehr ohne Reckstange.

Als O. über die große Straßenkreuzung gehen wollte, versperrte ihm ein Polizist den Weg.

Sie dürfen die Stange nicht senkrecht halten, sagte der Polizist.

Und warum, bitteschön, darf ich die Stange nicht senkrecht halten? fragte O.

Das ist Gesetz, sagte der Polizist, Stangen von über zwei Metern Länge dürfen nicht senkrecht in die Luft gehalten werden. Sie gefährden das Leben von einigen hundert Menschen.

Aha, sagte O., der zwar nicht verstand, sich aber auf keinen Streit einlassen wollte, dann halte ich die Stange eben waagerecht.

Sie dürfen die Stange nicht waagerecht halten, sagte der Polizist.

Und warum, bitteschön, darf ich die Stange nicht waagerecht halten? fragte O.

Das ist Gesetz, sagte der Polizist, Stangen von über zwei Metern Länge dürfen nicht waagerecht gehalten werden. Sie gefährden das Leben von einigen hundert Menschen.

Aha, sagte O., der zwar nicht verstand, sich aber auf keinen Streit einlassen wollte, und wenn ich die Stange weder waagerecht noch senkrecht halten darf, wie, bitteschön, soll ich sie dann halten?

Sie müssen sie durchbrechen, sagte der Polizist.

Haben Sie schon einmal eine Reckstange durchgebrochen? fragte O.

Nein, sagte der Polizist.

Ich auch nicht, sagte O., ich bin absoluter Laie auf diesem Gebiet. Ich werde die Reckstange hier an die Seite legen und einen Fachmann holen.

Das Ablegen von Stangen auf öffentlichen Gehwegen ist laut Gesetz ebenfalls untersagt, sagte der Polizist.

Aha, sagte O., der zwar nicht verstand, sich aber auf keinen Streit einlassen wollte, und was mache ich da?

Ich weiß nicht, sagte der Polizist, so jedenfalls dürfen Sie auf keinen Fall weitergehen.

Ich hätte da eine Idee, sagte O., wenn wir beide nun, Sie vorn und ich hinten. Wäre das laut Gesetz erlaubt?

Jedenfalls gibt es kein Gesetz, das das verbietet, sagte der Polizist.

Nun? fragte O.

Der Polizist erklärte sich einverstanden.

Gemeinsam zogen sie los. Sie fanden aber keine Möglichkeit, die Stange durch die Tür über die schmale Wendeltreppe in das Zimmer von O. zu bringen.

Es hilft alles nichts, sagte O., wir müssen sie durchbrechen.

Der Polizist lächelte.

Sehen Sie, sagte er, der Gesetzgeber ist bisweilen eben doch sehr weise.

Hände

O. hatte sich in ein Wirtshaus gesetzt.

Als die Wirtin kam und nach seinem Wunsch fragte, sagte O.: Ich hätte gern ein Paar Hände.

Ein Paar Hände? fragte die Wirtin erstaunt. Dann sagte sie: Mein Herr, wir sind ein anständiges Wirtshaus.

Pardon, sagte O., Sie mißverstehen mich, ich brauche Hände, die mich führen und leiten können.

Das kann ich verstehen, sagte die Wirtin, die braucht jeder von uns. Aber warum kommen Sie gerade zu mir?

Das hat keinen besonderen Grund, sagte O., ich kam gerade des Wegs, und ich bin um jeden Rat dankbar.

Nun, sagte die Wirtin, Hände kann ich Ihnen keine verschaffen, aber einen Rat, den will ich Ihnen wohl geben. Ich sehe, daß sie zwei vollkommen intakte Hände haben. Nehmen Sie die, und Sie benötigen keine anderen Hände.

Aber meine Hände sind untauglich, sagte O., vollkommen untauglich.

Glauben Sie das wirklich? fragte die Wirtin.

Ich weiß es, sagte O.

Dann ist Ihnen nicht zu helfen, sagte die Wirtin, wenn Sie es ohnehin wissen, benötigen Sie keinen Rat mehr. Was möchten Sie trinken?

Ein Bier, sagte O. Als die Wirtin das Bier brachte, sagte sie: Eigene Hände vermögen ebensogut zu führen wie fremde. Ihr Mangel aber, fuhr die Wirtin fort, besteht nicht in der Unfähigkeit des Führens, als vielmehr in der Unkenntnis der Zwecke einer solchen Führung. Ohne Kenntnis dieser Zwecke kann niemand führen und auch nicht geführt werden, es sei denn, es wurden Zwecke aufgezwungen oder aufgezwungene Zwecke anerkannt. Vergessen Sie also den Gedanken, Sie benötigten andere Hände als die Ihrigen zu einer Führung.

Danke, sagte O., und er trank das Bier aus.

Irrwege

O. hatte sein Leben auf Erden gründlich satt. Kurz entschlossen beendete er es, wie einst schon andere vor ihm.

Jahre später kehrte er in einer Reinkarnation als Strohballen auf die Erde zurück. Da er sich mit der Lebensweise eines Strohballens nicht vertraut wähnte, begab er sich auf Wanderschaft.

Stets, wenn er einem Strohballen begegnete, fragte O.: Sag mir, Artgenosse, wie pflegen wir zu leben?

Und immer hörte O. die gleiche Antwort: Wie andere Strohballen auch.

Da wußte O., daß er sich noch immer in der Welt befand, die er Jahre zuvor freiwillig verlassen hatte.

Jahre

O. arbeitete in seinem Garten.

Der Nachbar trat an den Zaun heran und sprach: Ich möchte Ihnen zum Geburtstag gratulieren.

O. sah von der Arbeit auf und sagte: Ich weiß Ihre Absicht zu schätzen, Herr Nachbar, aber meinen Sie nicht, daß die Gratulation für die Tatsache unangebracht ist, daß ich ein Jahr älter geworden bin?

Nun, sagte der Nachbar gedehnt, sollte ich mit Ihnen trauern?

Vielleicht, sagte O.

Dann fuhr er fort: Jedenfalls ist es unerträglich, dauernd daran erinnert zu werden, daß erneut ein Jahr herum ist.

Aber es geht doch Ihnen nur so wie allen, sagte der Nachbar, Altern ist ein Prozeß, dem Sie sich nicht entwinden können.

Eben, sagte O., das ist ja das Unbarmherzige.

Aber wieso denn? rief der Nachbar, was erwarten Sie vom Stillstand? Freuen Sie sich über das Vergängliche. Nur das Vergängliche bringt Gespür für Wertvolles.

Was ist an der Existenz schon wertvoll? fragte O.

Das liegt ganz bei Ihnen, sagte der Nachbar, Sie dürfen weder dem Vergangenen nachtrauern noch sich dem Zukünftigen versagen. Ich habe Ihnen gratuliert, weil es Ihnen gelungen ist, ein weiteres Jahr zu überdauern, ohne vergangen zu sein.

Und nächstes Jahr um diese Zeit beglückwünschen Sie mich wieder? sagte O.

Ja, sagte der Nachbar, sofern der Anlaß bestehen bleibt.

Und übernächstes Jahr auch? sagte O.

Gewiß, sagte der Nachbar.

Dann beglückwünschen Sie permanent, was ich permanent bedauere, sagte O.

Nun, sagte der Nachbar, Sie bedauern, daß Sie altern und vergehen müssen. Ich hingegen habe anzuerkennen versucht, daß Sie ein weiteres Jahr zur Verfügung stehen konnten.

Aber wenn dem nicht so gewesen wäre, sagte O., dann hätten Sie es doch gewiß bedauert.

Ja, sagte der Nachbar, dann hätte ich es bedauert.

Dann sehe ich den Unterschied nicht, sagte O.

Der Unterschied, sagte der Nachbar, besteht in den verschiedenen Denkkategorien. Sie denken in Ewigkeitskategorien und bedauern das Unmögliche. Welch eine Kraftverschwendung! Ich denke in überschaubaren Abständen, die zu überwinden möglich scheinen.

Wir drehen uns doch im Kreis, sagte O., Sie sehen doch ebenso wie ich die Vergänglichkeit des Lebens. Auch Sie bedauern, wenn Leben erlischt. Worin nun unterscheiden wir uns?

Ich bedaure im Gegensatz zu Ihnen nicht die Vergänglichkeit als solche, sagte der Nachbar, auch wage ich nicht den Schluß von der Vergänglichkeit auf die Sinnlosigkeit. Ich gebe aber zu, auch ich bedaure, wenn Leben erlischt. Während Sie aber Leben bedauern, das vergangen ist, bedaure ich Leben, das nicht fortgewirkt hat.

Was vergangen ist, sagte O., kann nicht fortwirken, was nicht fortwirkt, ist vergangen.

Weder noch, sagte der Nachbar, beides sind verschiedene Dinge. Es kann etwas vergangen sein und dennoch fortwirken. Es kann auch etwas noch nicht vergangen sein, das dennoch nicht mehr fortwirken kann. Nur den letzten Fall würde ich bedauern, den ersten dagegen nicht. Bleibt jedoch die Wirkung, ohne daß die Vergänglichkeit bereits eingesetzt hat, dann ist das ein Grund zum Gratulieren.

Das begreife ich nicht, sagte O.

Der Nachbar lächelte. Dann sagte er: Wenn Sie sich viel weniger mit sich selbst beschäftigten, wenn Sie vielmehr Ihre Kraft dem zuwendeten, das Ihrer Mitwirkung bedarf, so wie auch Ihr Garten, soll er gedeihen, Ihrer Mitwirkung bedürftig ist, so wie auch Sie der Mitwirkung anderer bedürftig sind, dann werden Sie begreifen, daß ich Ihnen heute gratulieren konnte. Und vielleicht, fügte der Nachbar hinzu, vielleicht empfinden Sie dann Ihre Existenz auch ein klein bißchen wertvoll.

Kleinigkeiten

O. hatte sich in einen Zug gesetzt, der ihn in die große Stadt bringen sollte.

Sie haben es gut, seufzte O., indem er den Herrn ansprach, der sich anschickte, sich O. gegenüber zu plazieren, Sie haben eine Stütze.

Bitte? fragte der Herr.

Ich sprach von Ihrem Handstock, sagte O.

Mein Handstock? Was ist mit ihm? sagte der Herr.

Wertvoll ist er, sagte O., dann fügte er hinzu: Als Stütze.

Ach so, sagte der Herr erleichtert, ja, das ist er. Hat mir manchen guten Dienst erwiesen. Und immer ist er da, wenn ich ihn benötige. Er lehnte sich vor: An und für sich ist ja so ein Handstock eine ganz einfache Sache. Für eine Kleinigkeit zu haben.

Sicher, sagte O., aber ohne ihn würden Sie nicht so weit kommen.

Nein, sagte der Herr, mein Bein ...

Sehen Sie, sagte O., ein schlichtes Ding, ein Stückchen Holz, aber so wertvoll.

Nun übertreiben Sie mal nicht, junger Mann, sagte der Herr, einen Handstock können Sie in jedem Kaufhaus bekommen.

Ja, sagte O., weil jeder gleich Ihnen in ihm nur einen Handstock sieht.

Lasten

O. hatte sich ins Bett gelegt.

Wissen Sie, daß Sie sehr krank sind? fragte der Doktor, den O. hatte kommen lassen.

Es fehlte mir lediglich die Gewißheit, sagte O., jetzt weiß ich es und bin zufrieden.

Zufrieden? fragte der Doktor.

Ja, sagte O., jetzt weiß ich, wie ich die letzten Jahre zu leben habe.

Sie sollten sich operieren lassen, sagte der Arzt.

Warum? fragte O.

Eine Operation kann Sie von Ihrer Last befreien, sagte der Arzt.

Eben, sagte O., sie kann. Sie kann aber auch nicht. Oder garantieren Sie, daß sie kann?

Nun ja, sagte der Doktor, wir Ärzte sind auch nur Menschen, aber wir tun unser Bestes.

Mir sind fünf echte und wirkliche Jahre lieber als zwanzig mögliche, sagte O.

Sie sollten schon etwas mehr Vertrauen zu uns Ärzten haben, sagte der Doktor.

Wie, fragte O., soll ich das, wenn Ärzte auch nur Menschen sind?

Merkmale

O. wurde zur Wahl vorgeschlagen.
Er sollte sich zum Vorsitzenden eines Gremiums wählen lassen.
Nein, sagte O.
Warum denn nicht, wurde er gefragt.
Weil ich mich euch nicht zumuten mag, antwortete O., ich mag mich ja nicht einmal mir selbst zumuten.

Neuigkeiten

O. hatte sich auf eine Parkbank gesetzt.

Wenig später setzte sich ein älterer Herr hinzu.

Ist das nicht ein herrlicher Ausblick von hier oben? begann O. das Gespräch.

Das ist wahr, sagte der ältere Herr, jedoch ist es mir unmöglich, ihn wahrzunehmen, ich bin blind. Aber ich kenne den Ausblick aus früheren Zeiten und besitze ein gutes Vorstellungsvermögen.

Das tut mir leid, sagte O., wie konnte das passieren?

Oh, sagte der ältere Mann, eine Selbstverständlichkeit. Ein zwangsläufiges Ende eines langen Prozesses.

Das müssen Sie mir erklären, sagte O.

Meine Augen wollten einfach zu viel sehen, sagte der Ältere, sie liebten Neuigkeiten. Deshalb schaffte ich mir einen Hund an, der mir jeden Morgen die Zeitung bringen sollte. Darin las ich von der Nobelpreisverleihung an einen Dichter. Das war eine Neuigkeit. Darin las ich vom Tod eines Schulkameraden. Das war ebenfalls eine Neuigkeit. Darin las ich vom Rücktritt eines Politikers. Auch das war eine Neuigkeit.

Der Alte machte eine Pause.

Dann fuhr er fort: Und über all den Neuigkeiten bemerkte ich nicht, daß vom ständigen Lesen meine Augen zu erblinden begannen. Eines Tages schließlich konnte ich keine Zeitung mehr lesen. Auch das war eine Neuigkeit. Heute aber weiß ich, daß es zwangsläufig dazu kommen mußte.

Ich frage mich, sagte O., wie Sie dennoch leben mögen.

Eine schwierige Frage, sagte der ältere Herr, die ich ebenso gut an Sie richten könnte.

Ordnungen

O. sagte eines Tages zu seiner Freundin: Ich möchte endgültig ins Zentrum ziehen.

Warum? fragte diese traurig.

Nur der Ordnung halber, antwortete O.

Peinigungen

O. hatte sich in ein Weinlokal gesetzt.

Sein Gegenüber unterhielt sich angeregt mit den übrigen Personen am Tisch.

Wißt ihr, sagte sein Gegenüber, ich bin Parapsychologe, ich schwebe über der Erde.

Davon sieht man wenig, wagte jemand zu entgegnen.

Das liegt daran, daß ich immer Eisenstiefel trage, sagte das Gegenüber und lachte lauthals.

Daraufhin lachten auch die übrigen Personen am Tisch. Nur O. verzog keine Miene.

Ihr könnt wenigstens noch lachen, schwärmte das Gegenüber, aber der da, dabei wies er auf O., der kann nicht mal lachen.

Ach, entgegnete O. erschrocken, ich muß lachen können?

Qualen

O. fuhr an die Küste.

Von einem Felsen schaute er hinab auf das ruhige Meer.

Dort unten, sagte O. zu einem Einheimischen, da ist das wirkliche Leben.

Und er stürzte sich hinab.

Er fiel auf einen Felsen, von dem eine lange Treppe zum Meer hinabführte. O. ging hinunter.

Plötzlich aber hörten die Stufen auf, und O. befand sich zwischen Sein und Nichts.

Da kam aus der Dunkelheit ein Boot auf ihn zu, in dem zwei Männer saßen, die gegeneinander ruderten. Dennoch kamen sie näher.

Nehmt mich mit, sagte O., ich kann nicht weiter.

Wir können nicht, sagten die Männer, wir müssen weiter.

Damit entschwand das Boot, kehrte jedoch nach einer Weile aus der Richtung zurück, in die es entschwunden war.

So nehmt mich doch mit, sagte O.

Es ist zwecklos, riefen die Männer, wir können nicht anhalten.

Aber ohne euch komme ich nicht weiter, sagte O.

Wohin willst du denn? fragten die Männer.

Zum Anfang zurück, sagte O.

Doch das Boot war erneut verschwunden, kehrte jedoch nach einer Weile aus der Richtung zurück, in die es entschwunden war. Wenn du den Anfang suchst, so brauchst du uns nicht, sagten die Männer, es gibt keinen Anfang mehr.

Es gibt keinen Anfang mehr? fragte O. erschrocken.

Nein, sagten die Männer.

Aber wenn es keinen Anfang mehr gibt, sagte O., wie soll ich mich dann zurechtfinden?

Das wissen wir ebenso wenig wie du, sagten die Männer in dem Boot, das sich anschickte, erneut zu verschwinden, und nicht wieder auftauchte.

Räte

O. schlenderte durch die Altstadt.

Ein Mann kreuzte seinen Weg, den Oberkörper leicht nach vorn gebeugt, die Hände auf dem Rücken verschränkt. Der Mann schien verstört, ja verzweifelt.

O. war unsicher, ob er den Mann ansprechen sollte, sagte aber dann höflich: Haben Sie irgendwelchen Kummer, mein Herr?

Der Mann hob den Oberkörper, ohne seine Hände aus der Verschränkung zu nehmen, und sah O. lange und fragend an. Dann sagte er: Sagten Sie eben Kummer? Nach einer kleinen Pause wiederholte der Mann leise und verächtlich: Kummer! Dann sagte er: Ich versuche ein Problem zu lösen, das nicht zu lösen ist.

Gibt's denn so etwas heute noch? fragte O. ungläubig.

O ja, sagte der Mann, nehmen Sie mich. Ich bin etwas, was ich nicht bin, weil ich suche, was ich bin.

O. schaute den Mann fragend an.

Dieser fügte erklärend hinzu: Ich bin ratlos, obwohl ich Rat bin, Oberrat genauer gesagt, und weil ich ratlos bin, suche ich folglich einen Rat.

Aha, sagte O., jetzt verstehe ich Sie.

Nichts verstehen Sie, sagte der Mann, ich suche gewissermaßen mich. Sie wissen sicherlich auch nicht, wo ich mich finden kann?

Nein, sagte O., das müssen Sie sich schon selbst fragen.

Aber wie soll ich mich fragen, entgegnete der Mann, wenn ich mich erst suchen muß?

Ich sehe Ihr Problem, sagte O., zu lösen vermag ich es jedoch nicht. Aber ich gebe Ihnen gern einen Rat: Bleiben Sie auch weiterhin so wachsam.

Stimmungen

O. hatte sich auf ein Glas Wein in ein Lokal gesetzt. Ein Nachbar entdeckte ihn und setzte sich zu ihm. Ein kleines Gespräch entwickelte sich.

O., anfangs empört über die Aufdringlichkeit, mit der sein Nachbar sich anschickte, ihm seine Mußestunde zu verderben, zeigte sich jedoch interessiert, als sein Gegenüber ihn fragte: Wenn Sie der Weg an zwei Kämpfenden vorbeiführte, würden Sie eingreifen, um dem Schwächeren zu helfen?

Darauf kann ich Ihnen keine Antwort geben, sagte O., wie aber würden Sie handeln?

Ich würde eingreifen, sagte der andere, zugunsten des Schwächeren.

Das wissen Sie so bestimmt? fragte O.

Ja, sagte der andere, ich kann doch vor meinen Augen kein Unrecht zulassen.

Und Sie meinen, es sei Unrecht, wenn zwei Menschen gegeneinander kämpfen? fragte O.

Der andere schwieg.

Vielleicht haben Sie recht, sagte er dann, aber man könnte schlichten.

Gewiß könnte man das, sagte O.

Heißt das, fragte der andere erregt, daß Sie weder eingreifen noch schlichten würden?

Nein, sagte O., das heißt es nicht. Das heißt nur, daß sich das Problem in dieser Form mir nicht stellt. Das Problem ist nicht, ob ich dieses oder jenes tun würde, dieses oder jenes aber nicht. Das Problem ist, ob ich meine zukünftigen Handlungen bestimmen kann.

Gut, sagte der andere, ich wandle meinen Fall ab.

Nein, tun Sie das nicht, sagte O., gewiß, Sie könnten an Ihrem Fall Modifizierungen vornehmen, dieses oder jenes berücksichtigen, dieses oder jenes ausschließen. Je mehr Sie ihn aber zurechtrücken, desto unwahrscheinlicher wird er, und niemals wird es Ihnen gelingen, Ihren Fall so hinzubiegen, daß er eine und nur eine menschliche Handlung zuläßt.

Haben Sie gar keine Moral? fragte der andere.

O. lachte.

Lassen Sie die Moral aus dem Spiel, sagte er, ob ich eine Handlung vornehme, bestimmt nicht die Moral, sondern meine Tagesstimmung.

Termine

O. wachte eines Morgens auf.
Man müßte viel mehr wissen, sagte er zu sich und schlief wieder ein.

Unterschiede

O. hatte sich ein Hemd gekauft. Als er sich in die Schlange an der Kasse einreihte, sagte eine vorbeigehende Verkäuferin zu ihm: Stellen Sie sich dort drüben an der anderen Kasse an.

Warum? fragte O.

Dort brauchen Sie weniger lang zu warten und werden schneller bedient, antwortete die Verkäuferin stehenbleibend.

Nein danke, sagte O., ich bleibe lieber hier.

Möchten Sie lieber länger warten? fragte die Verkäuferin spitz.

Ja, sagte O.

Ich wollte Ihnen ja nur helfen, sagte die Verkäuferin achselzuckend.

Mag sein, sagte O., mir schien es eher, als hätten Sie mir Ihre Hilfe aufdrängen wollen.

Vorstellungen

O. wurde zu einem Vorstellungsgespräch geladen. Er trat in den Raum und setzte sich auf den freien Platz, den drei Befragern gerade gegenüber. Das Gespräch nahm seinen Lauf.

Warum tragen Sie eigentlich einen Bart? fragte einer der Befrager plötzlich.

Aus dem gleichen Grunde, aus dem ich eine graue Flanellhose trage, sagte O.

Und welches ist dann der Grund? fragte der Befrager.

Das dürfte Sie wenig interessieren, sagte O.

Da sich unsere Kunden für die Bärte unserer Mitarbeiter interessieren, müssen auch wir uns für die Bärte unserer Mitarbeiter interessieren, fuhr der Befrager fort.

Verstehe ich Sie richtig, begann nun der zweite Befrager, daß Sie Ihren Bart lediglich, sagen wir mal, der Mode halber tragen?

Trägt man eine graue Flanellhose der Mode halber? fragte O.

Ich darf Sie herzlich bitten, sagte der dritte Frager scharf, auf unsere Fragen klar zu antworten.

Mir ist nichts Gegenteiliges bekannt, sagte O.

Welches auch immer der Grund sein mag, begann wieder der erste Frager, es wird für uns sehr schwierig werden, Sie mit Bart einzustellen. Sie werden verstehen, wenn ich Ihnen sage, daß wir im Interesse unserer Kundschaft ... sehen Sie, wir persönlich haben ja nichts gegen Bärte, aber unsere Kunden ...

... und deshalb möchten wir Sie bitten, fiel der zweite Befrager ein, mit Arbeitsantritt auf Ihren Bart zu verzichten. Glauben Sie mir, für beide Seiten wird es so das beste sein.

Wenn das so ist, sagte O., wird mir nichts anderes übrig bleiben, als nach einer anderen Stelle zu suchen.

Aber so ein Bart ist doch nicht das Leben, rief der erste Befrager.

Sind Augen das Leben? fragte O., oder Hände?

Nun, antwortete der erste Befrager, sie sind nicht das ganze Leben, aber doch ein Teil, jedenfalls mehr Leben als ein Bart.

Würde ich ohne Augen die Arbeit verrichten können? fragte O.

Nein, sagte der erste Befrager.

Nein, nein, sagte der zweite Befrager.

Weder ohne Augen noch ohne Hände, sagte der dritte Befrager.

Dann, sagte O., werde ich auch ohne Bart nicht die Arbeit verrichten können.

Das verstehen wir nicht, sagte der erste Befrager.

Weil der Bart ebenso zu meiner Person gehört wie Augen, Hände oder meine graue Flanellhose, sagte O. Wenn Sie mich einstellen wollen, so müssen Sie folglich auch meinen Bart mit einstellen. Wollen Sie jedoch meinen Bart nicht einstellen, so können Sie auch mich nicht einstellen.

Aber, aber, rief der zweite Befrager, Sie können doch Bart und Augen nicht auf diese Weise miteinander vergleichen. Die Augen hat man, oder man hat sie nicht. Man kann sie nicht wahlweise haben. Den Bart aber, den können Sie wahlweise haben.

Das ist ein Irrtum, sagte O., sie können auch Augen wahlweise haben. Nur erheben Sie es zur Norm, Augen zu haben.

Wandlungen

O. ging über den Markt.

Ein unscheinbarer Stand erregte sein Interesse. Eine schmächtige Frau hielt Tatsachen zum Verkauf bereit.

Sie bieten Ungewöhnliches an, sagte O. beim Nähertreten.

Eine derartige Feststellung trifft jeder, der an meinen Stand kommt, antwortete die Frau kühl, keiner aber kauft Tatsachen. Selbst wenn ich sie verschenkte, niemand hätte ein Interesse an ihnen.

Das ist in der Tat merkwürdig, sagte O., aber ich finde es bewundernswert, daß Sie dennoch nicht aufgeben.

Bewundernswert? rief die Frau entsetzt, dumm, einfach dumm ist es. Tatsachen aber müssen erhältlich sein. Und wenn ich keine anböte, täte es niemand.

Da mögen Sie wohl recht haben, sagte O.

Wochen später ging O. erneut über den Markt.

Ein schmucker Stand erregte sein Interesse. Eine dickliche Frau hielt Hauptsachen zum Verkauf bereit.

Ich wundere mich, sagte O. beim Nähertreten, Sie haben Ihren Stand und auch Ihr Sortiment geändert.

Die Frau lächelte. Wissen Sie, sagte sie dann, wenn Sie Tatsachen auf das Wesentliche beschränken, dann gelangen Sie zu Hauptsachen. Wenn Sie darüber hinaus merken, daß Sie in der Zeit, in der Sie einige wenige Tatsachen verkaufen, wesentlich mehr Hauptsachen verkaufen können, dann werden auch Sie nur Hauptsachen verkaufen.

Aber Ihre Einstellung, sagte O., Sie sagten, Tatsachen müßten erhältlich sein.

Daran hat sich auch nichts geändert, sagte die Frau, ich allerdings verkaufe keine Tatsachen mehr.

Wenn nicht Sie, wer dann? fragte O.

Woher soll ich das wissen? sagte die Frau, irgendjemand wird sich schon finden.

Da mögen Sie wohl recht haben, sagte O.

Wochen später ging O. nochmals über den Markt.

Ein prunkvoller Stand erregte sein Interesse. Eine fette Frau hielt Nebensachen zum Verkauf bereit.

Ich wundere mich, sagte O. beim Nähertreten, Sie haben Ihren Stand und auch Ihr Sortiment nochmals geändert.

Die Frau grinste.

Denken Sie sich die Hauptsachen weg, sagte sie, dann bleiben Nebensachen übrig. Nebensachen sind außerordentlich gut verkäuflich. Sie haben kein Gewicht und belasten daher niemanden. Sie sind angenehm im Ertragen. Sie werden zu Dutzenden gekauft.

Halten Sie diese ganze Entwicklung nicht für bedenklich? fragte O.

Inwiefern bedenklich? sagte die Frau, sehen Sie, ich habe hart arbeiten müssen, mir geht es gut, ich bin zufrieden. Was will ich mehr?

Und die Tatsachen? fragte O. Die Hauptsachen? Was geschieht mit ihnen?

Die werden vergessen, sagte die Frau, sie verrotten.

Das ist doch aber nicht in Ordnung, sagte O.

Da mögen Sie wohl recht haben, sagte die Frau.

Zeiten

O. hatte versucht, eine Wohnung zu bekommen.

Es tut mir leid, mein Herr, sagte der Makler, aber Wohnungen gibt es heutzutage nicht mehr.

Gibt es nicht mehr? fragte O. entsetzt.

Nein, sagte der Makler, dem Erlaß des Ministers zufolge ist die Vermietung von Wohnungen untersagt.

Untersagt? fragte O., warum denn?

Das weiß niemand so genau, sagte der Makler.

Aber wenn ich keine Wohnung bekommen kann, sagte O., dann brauche ich ein Zelt.

Guter Mann, sagte der Makler, auch Zelte sind nicht mehr zu haben.

Nicht mehr zu haben? fragte O.

Nein, sagte der Makler, sämtliche Zelte sind eingezogen und verbrannt worden.

Verbrannt worden? fragte O., warum denn?

Das weiß niemand so genau, sagte der Makler. Und was mache ich da? fragte O.

Ich kann Ihnen nicht weiterhelfen, sagte der Makler, gehen Sie besser in Ihre alte Wohnung zurück.

Aber von daher komme ich doch, sagte O. verzweifelt, von daher komme ich doch.

Epilog

Als O. schon lange tot war, erzählte man sich, ihm sei noch zu Lebzeiten eine Möglichkeit geboten worden. O. habe sie aber abgelehnt, weil, wie man hört, er sich zu schade dafür gewesen sei.

Nachbemerkungen

Von seiten des Verlegers wurde an den Berichterstatter der Wunsch herangetragen, ein „klärendes" Nachwort zu schreiben, da, wie sich der Verleger ausdrückte, „viele Fragen offengeblieben" seien. Ein solches Ansinnen hat der Berichterstatter abgelehnt. Er ist vielmehr der Meinung, daß die Texte aus dem Nachlaß von Ansgar Ott für sich selbst sprechen. Dennoch sieht sich der Berichterstatter gehalten, ein paar klärende Bemerkungen anzufügen.

- Der Verleger hat sicher recht, wenn er meint, viele Fragen seien offengeblieben. Offenbleiben mußte vorerst, was es denn nun eigentlich gewesen ist, das Ott ganz offensichtlich aus der Bahn geworfen hat. Doch wo Ott nichts vermerkt hat, kann der Berichterstatter schwerlich etwas hinzufügen.

- Seine Rolle als Chronist hat der Berichterstatter ohnehin bereits über Gebühr strapazieren müssen. Denn die vorliegende Arbeit wäre nicht ohne Sichten, Auswählen und eingreifende Bearbeitung möglich gewesen. Als geschlossener Zyklus existierten nur die *ABC-Geschichten*. Alles andere mußte sich der Chronist aus einem riesigen Stapel ungeordneter und unvollständiger Manuskripte zusammensuchen.

- Erschwert wurde die Arbeit des Berichterstatters dadurch, daß einige Textpassagen unvollständig waren und wiederhergestellt werden mußten. Auch standen einige Texte in einem Kontext, der dem Berichterstatter im Hinblick auf seine Absicht, die Rekonstruktion der Ereignisse, ungeeignet erschien und die daher aus diesem herausgelöst werden mußten. Eine Reihe von Aufzeichnungen war zudem in mehreren Versionen vorhanden. Hier entschied sich der

Chronist für die jeweils vom Autor kenntlichgemachte letzte Version.

- Verschweigen darf der Berichterstatter auch nicht, daß er es war, der schließlich die Reihenfolge der Aufzeichnungen bestimmte, die Texte mit einer Überschrift versah und das Ganze unter dem recht beziehungsreichen Titel *Züge* zusammenfaßte. Zum einen zieht sich das Bahnfahren wie ein roter Faden durch Otts Aufzeichnungen (auch durch jene, die hier nicht wiedergegeben sind), zum anderen lassen die Texte zwar nicht die Person Otts in allen Einzelheiten, so doch einige Züge der Person erkennen.

- Man mag dem Berichterstatter hier durchaus eine Verletzung seiner Neutralitätspflicht vorhalten, die ihm als Chronisten zukommt. In der Tat ist das ein Gesichtspunkt, über den Berichterstatter und Verleger sehr lange nachgedacht haben. Wenn sie letztlich die Eingriffe für statthaft befunden haben, so, weil sie nach allen sorgfältigen Erwägungen befanden, daß auf diese Weise die mutmaßliche Intention des Autors erfüllt wurde und jede Änderung nur dem Verständnis dieser Intentionen dient.

- Die vorangestellten Skizzen und Aufzeichnungen des auf so rätselhafte Weise ums Leben gekommenen Ansgar Ott könnten die Entdeckung eines literarischen Talents vermuten lassen. Das Entstehen dieses Eindrucks kann der Berichterstatter als Folge seiner Bemühungen, Informationen über das Leben des Ansgar Ott zu sammeln und die näheren Umstände seines Todes zu klären, sicher nicht verhindern. Jedoch versichert er glaubhaft, daß es ihm nicht darum ging, den literarischen Rang von Ansgar Ott zu bestimmen. All sein Handeln galt ausschließlich der Person von A. O. Deshalb hat der Chronist auch auf jeglichen Anhang mit Originaltexten verzichtet. Literaturwissenschaft ist die Sache des Chronisten, der hier die Feder führte, nicht.

Inhalt